黄波戸井ショウリ
illust チーコ
DEMAND
2
技巧貸与のとりかえし
〈スキル・レンダー〉
"SKILL LENDER"
Get Back His Pride
トイチって最初に言ったよな？

CONTENTS

“SKILL LENDER” Get Back His Pride

Before I started lending, I told you this loan charges 10% interest every 10days, right?

DEMAND 2

技巧貸与（スキル・レンダー）のとりかえし 2

～トイチって最初に言ったよな？～

黄波戸井ショウリ

OVERLAP

イラスト/**チーコ**

序　章

“SKILL LENDER”

Get Back His Pride

Before I started lending,
I told you this loan charges 10%
interest every 10days,
right?

1．スキル貸しのマージ・2

「で、ですからね？　落ち着いて聞いてくださいよ、マージさん！」

「俺は落ち着いているつもりだが、お前からそう見えないのならそうなんだろうな」

「ちゃんとお返しに行こうと思ってたんですよー」

アビーク領の南よりにある町に俺とコエさんはいた。その一角にある真新しい屋敷に通され、長い黒髪が美しい娘に応対されながら待つことしばし。現れたのは二ヶ月ほど前に俺からスキルを借りた男だった。

この男、夏の終わり頃に「のっぴきならない事情がある」と言ってキヌイまで訪ねてきたのを覚えている。目の前にいる当人は、そんな切迫した事情があるとは到底思えないほど小綺麗な服を着て薄ら笑いを浮かべているが。

「いやーハハハ、コエさんも変わらずお綺麗で……」

「ありがとうございます」

「確認だ。お前は俺のスキル、【刺突強化】と記憶力向上の【脳裏の栞】、それに聴覚強化の【夜兎の聞き耳】を借りた。間違いないな」

「そ、そうでしたっけね」

「帳簿の記録では、親の仇討ちをするためとなっております」

どこにいるか分からない仇を見つけ出して倒すため。

そう言って人探しに使える知覚強化スキルと戦闘用スキルを求めてきた。時間がかかるだろうからと期限は長めの一年。きちんと利息のことまで承知の上で借りていった、はずだった。

「親の仇を探して旅をしているはずのお前が、なんでこんなところで立派な屋敷を構えている？」

「そりゃマージさん、親孝行のためですよ！」

「親孝行？」

死んでいるはずの親に孝行するとは妙な話だが、男は構わずまくしたてる。

「私の親も草葉の陰から仇討ちを望んでいるでしょう。でもね、父母だって人の親です。息子の私が復讐だけにかまけて食うや食わずの生活じゃ悲しむ。そうは思いませんか!?」

「そうだな、お前の言う通りだ。復讐は生きるために必要なことなのだから、復讐のために生きることを蔑ろにしたら意味がない」

復讐に意味がないと言う人間もいるが、俺はそうは思わない。

憎き仇がのうのうと生きている。その事実は時に人を狂わせ、心を蝕み、幸福を奪う。復讐はそれを終わらせる手段のひとつには違いない。善悪でなく必要の問題だ。

わざとらしく泣いてみせる男に、俺は頷いてみせた。

「でしょう！　さすが、マージさんは話が分かる！」

「なら、賭場荒らしも親のためか？」

「へ？」

「親のためにスキルを借りたのだから、そういうことだろう？　わざわざ馴染みの賭場で不正を働く大胆さは認めるがな」

賭博にもいろいろと種類があるが多くのゲームにおいてスキルは有利に働く。だから互いの持つスキルを探り合い、相手の裏をかくことも勝負のうちとするのが一般的だ。

ただしこの駆け引きにはひとつの大前提がある。

「ある日突然に強力なスキルを覚えることは普通ない。お前はその常識を逆手にとり、賭場を潰すほどの荒稼ぎをした。向こうが力に訴えてきたら戦闘向きのスキルで撃退してな」

スキルは地道な学習によって習得し、時間をかけて使い込むことでスキルポイントを高めて強化するもの。その認識が一般的だ。昨日までの凡夫が今日いきなり大剣豪になったり、今朝までの愚物が今夜いきなり大賢者になったりすることはない。

だから馴染みの賭場にいきなり強力なスキルを引っさげていけば、誰に警戒されることなく大勝ちできるわけだ。

「全部調べがついている。つまらない嘘をついたな」

「うぅ、なんてこった！　マージさんにはかなわねえ、これで俺のスキルは全部取り上げられちまうんだ！　借りたスキルだけじゃなくて元々持ってたスキルも……」

膝から崩れ落ちる男。なるほど、俺の【技巧貸与（スキル・レンダー）】はトイチ、つまり十日ごとに一割もの利息でスキルポイントを取り立てる。貸したスキルのスキルポイントが足りなければ他の所持スキルを差し押さえることも可能だ。

事前説明通りの結末を迎えた男は地面に突っ伏して泣いている。

「バレちまったら仕方ねえ、さあ持っていけ！　男として潔く差し出してやる！」

借りたものを返すのに潔くも何もない。それ以前に、男は大きな勘違いをしている。

「いや、いらない」

「……へ？」

「けちな賭博に使っていた程度のスキルだろう。そんなもの差し押さえたところで二束三文だ。お前にとっても大した痛みではないんだろうな、そんな雑な嘘泣きができるくらいだから」

それに返済期限は一年にしてある。二ヶ月ほどしか経（た）っていない今では取り立てはできない。

狐（きつね）につままれたように顔を上げた男の手から、涙代わりらしき水の入ったビンがポトリと落ちた。

「じゃ、じゃあマージさんは何をしに……？」

「決まっているだろう？　これ以上のスキル悪用を止めるためだ。取り立てはできないが、スキルを使えないようにはできる」

　俺は男の顔に右手を翳した。丸まっていた背筋がビクリと伸びる。

「ひっ」

「死ねば、スキルは使えない。取り立て前に死なれると貸したぶんのポイントは消えてしまうが……。まあ、必要な犠牲と思っておこう。損切りってやつだ」

「じょ、冗談ですよね？　そんな、人の心があるなら残酷すぎてできるわけが」

「人の心があるなら親の仇討ちを詐欺の手口に使わない」

「な、く、クソ！　【刺突強化】、起動！」

　腰の短剣を抜き、刃にマナを籠めて強化しながら振りかぶる。その狙いは心臓。殺すつもりの一撃なのは明白。人間の胸など熟れた桃より容易くズブリといくだろう。

　それを、俺はそのまま体で受け止めた。

「【金剛結界】、起動」

　刃が硬質な音を立てて弾き返された。自らの腕に跳ね返ってきた衝撃に男は悲鳴を上げる。埋めがたい力の差を理解したか、俺の手から少しでも距離をとろうと後ずさりしながら男はまた涙を流し出した。今度は本物だろうか。

「ちょ、ちょっと魔が差しただけじゃないか！　スキルがあれば偉いのか!?　悪魔め!!」

「遺言はそれでいいんだな」

「待って、待ってください！　お願いします！　お金ならいくらでも出します！　そ、そうだ、賭場を潰した時にですね、行きがけの駄賃に胴元の娘をいただいてきたんですよ！

そいつを差し上げます！」

「金に、娘か」

「そうです！　ほら、さっき応対させた娘ですよ！　かなりの上玉でしょう？」

男の言葉にふと、キヌイにいる小太りな商人の顔を思い出した。雰囲気や背格好はなるほどどこか似ているが。

「手足を切り落とされても金だけは手放さなかった分、ゲランの方が守銭奴として上等かな」

「マスター。守銭奴として上等、というのは上なのでしょうか、下なのでしょうか」

「さて、どっちだろう？」

「な、なんの話だ？　そら、今すぐ娘に金を持ってこさせるから！　娘ごと連れて帰ってくれ！」

男がまだ何か言っているが、俺は手にマナを注ぎ込んだ。

「待っ……」

「【亜空断裂】、起動」

屋敷が切り裂かれて天井から青空が覗く。柱も壁も崩れ落ち、瓦礫が大きな音を立てて降り注ぐ。

「ひいいいいい!!」

斬撃を当ててもいない男の悲鳴の方が、瓦礫の音よりも大きかったが。

それから一鐘ほど後。

「本当に、本当にありがとうございます」

「もう一生あの男の奴隷だと思い、いつ命を絶とうかと思っておりました……！」

「俺の不注意が招いたことです。感謝されるいわれはありません」

俺の手を握って感謝を繰り返す父娘をなだめながら、通りの向かいにある瓦礫の山に目をやる。中にいた人間は無事だが屋敷はもう住めまい。

件の男は演技の巧みさで鳴らした詐欺師でもあったらしく、余罪が山のようにあったとかで領主に引き渡されていった。恐怖で心も折れていたし俺が命を獲るまでもあるまい。あとはこちらの統治者に任せた方がいいだろう。

「マージさんは『親の仇討ちに使う』と言われてスキルを貸したのでしょう？　私も父と引き離されてみて、その言葉の重みが身に沁みて分かりました。騙されたことを責めるなどできません」

「そう言っていただけるとありがたいですが」

「賭博なら騙される方が間抜けですが、普通は騙す方が悪いのです」

ぼろを纏(まと)った父親が、半ば転がり込むようにキヌイへとやってきたのは三日前のこと。それまでカモだった客に異様な荒稼ぎをされて経営していた賭場を失い、そればかりか一人娘まで奪われて廃人のようになりながら、ふらふらと歩き続けて偶然たどり着いたらしい。

衛兵に追い出されそうになったところをシズクが見かねてゲランの事務所に連れ込み、身の上話を聞いて「もしや」と調べを入れてみたら……というわけだ。【空間跳躍】で急行して現地で情報の裏を取って、後は前述の通りである。

「それと、スキルを使った賭けで金を巻き上げられた他の客だが……」

「それは気にしなくてよいでしょう。賭けでスキルを使うこと自体は当たり前なのですから、全ての勝負は有効です」

「……そういうものか？」

「これに文句を言う者は博徒ではありません」

彼自身、不当に奪われた娘だけは取り戻したが、それ以外の金品には一切手を付けていない。ゲランが上等な守銭奴なら彼も相当な賭け狂いだ。

「お二人はこれからどうされますか？　また賭場をされるのでしょうか」

コエさんの問いかけに娘は苦笑いを浮かべる。

「賭場の経営には懲りましたし、商売の元手もありません。どこか別の土地で仕事を探そうと思っています」

「そうですか……」

「どこか、仕事に困らなさそうな町があればいいのですが」

「それでしたら」

それからまもなく。

宿場町キヌイに新たな住人が二人増えた。宿場町として、また狼(おおかみ)の隠れ里との連絡窓口として発展しつつあるキヌイには仕事など山ほどある。

宿屋で父娘揃(そろ)って働きながら、夜毎(ごと)に賭場に通って資金を増やしていると聞いている。そのうち何か商売でも始めるのかもしれない。

「マスター、今回はお疲れ様でした」

「コエさんもね」

「【技巧貸与(スキル・レンダー)】の噂(うわさ)を聞きつけて来られる方は今でもいらっしゃいますが、これからもこういったことが続くのでしょうか」

「いや、そろそろ落ち着くはずだ」

「と、言いますと?」

コエさんを促して町の外へと目を移す。すっかり冷たくなった風に、枯れた草原。空の色もどこか寒々しい。

「冬がやってくるんだ」

2．冬の日

狼の隠れ里の大事業だった稲の収穫が終わり、はや三ヶ月が経った。

「いいかいコエさん」

「はい、マスター」

「水が冷えて固まると氷になる。雪っていうのは、空の上で水が氷になって降ってきたものなんだ」

「なるほど、小さい氷が集まると白く見えるのですね」

「そうなんだ。だから、雪がいくら綺麗（きれい）だからって不用意に手を突っ込むと」

「マスター、手が虫刺されのようにかゆいのですが一体」

「冷たさで霜焼けになるんだけど言うのが遅かった」

山の冬は早い。実りの秋が過ぎ去り、空気に冬の匂いが混ざりだしたかと思えば、今朝にはもう里に初雪が降り積もっていた。

「これで一通りの冬支度は完成だな」

新雪に突っ込んで赤くなったコエさんの指をさすってあげながら、里をぐるりを見渡せば……。寒さの備えをした家々が真っ白く化粧されていた。雪が降り込んできたという報告もない。冬の間も問題なく住めるだろう。

冬が本格的になれば部外者が山に入るのはおよそ不可能となる。

騎士団が今も密(ひそ)かにこの里を探しているという噂もあるが、物理的に踏み込めなければ手の出しようもあるまい。厳しい冬は隠れ住む者たちにとっては恵みでもあるのだ。

「もう大丈夫です。ありがとうございますマスター」

「俺の目を通して世界を見ていたといっても、温度や感触についてはどうしてもね。一年を通して覚えていこう」

里の面々はといえば、大きく二つの派閥に分かれていた。

「農作も狩猟もない今、訓練の好機！　力ある者たちは修練場へ！」

シズクを中心とした狼人(ウェアウルフ)派は寒さに負けていない。去年までは食料不足に悩まされたというが、十分な蓄えのある今年は遠慮など無用。むしろ夏より元気になっているまである。「これより雪合戦訓練を行う！」というシズクの号令に狼人(ウェアウルフ)たちが一斉に集まり、雪玉をぶつけあう独特の合戦訓練をしながら寒空の下をワイワイと駆け回っている。

「異国の言葉で『犬は雪が降ると喜んで駆け回る』というようなものがあると聞いたことがあったな、そういえば」

「獣人でも同じなのでしょうか」

一方、外部派とでも呼ぶべきだろうか。そちらの派閥は俺の背後。隙間風を防ぐべくがっちりと詰め物がなされ、『【極秘】ジェリラボ【無断立入禁止】』と表札がかけられた家屋に立て籠もっている。

その面子(メンツ)はベルマン隊の三人と、そして天才錬金術師アンジェリーナである。特にアンジェリーナは火を焚(た)いて毛布にくるまってミノムシか何かのようになっていた。

「みんなおかしいです……。『蒼(あお)のさいはて』の中は暖かいんですからそっちで暮らせばいいです……。なんでわざわざ寒いとこで寝起きするですか……」

「ふ、フハハハ、この機にジェリ殿も我らベルマン隊に加わり、ともにダンジョンで汗を流しますかな……？」

「メロが抜けて三人となりました故な。四人目が空いておりますぞ」

「豊かな自然、夏は涼しく冬は暖かい、『蒼のさいはて』で一緒に働きましょう？」

「ジェリは頭脳労働専門です」

狼人(ウエアウルフ)族は寒さに強い。日々の食事さえきちんと摂(と)れるならこれくらいの気温はどうということもないらしく、過去にも凍死者はほとんど出たことがないらしい。土地を追われた狼人(ウエアウルフ)族の先祖がこの地を隠れ里に選んだのも、「夏が涼しく冬は極寒」という気候に適していたことが理由のひとつでもあるのだろう。

だが。並の人間にとって、特に街育ちにとって、一面が雪に覆われる環境など『極寒』の域なのである。

「アンジェリーナはダンジョンで暮らしてもいいんだぞ。小さな家くらい建てる広さはある」

コエさんが凍える前にとジェリの家に入れてもらうと、即座に鋭い声が飛んできた。

「【技巧貸与（スキル・レンダー）】さん！　戸は開けたら閉めてください！　コエさんが近いですね閉めてくださいすぐにです!!」

「はい、ただいま」

「あと【技巧貸与（スキル・レンダー）】さん、女性に一人ぼっちで洞窟暮らしを強いるなんて配慮が足りないと思うです」

要するに寒いのは嫌だが、洞窟で一人寂しく暮らすのはもっと嫌らしい。以前ならゴーレムと暮らすからいいと言いそうでもあったが……。二ヶ月かけて一人旅でここまで来た彼女にも、里で暮らすうちにいくらか心境の変化があったのかもしれない。

「うぅ、しばれる、しばれるです……」

「しば……？」

「しばれる、ですぞコエ殿、寒いという意味の地方言語だそうですな。……おや？」

俺たちに続いてもう一度戸が開いた。吹き込む雪風とアンジェリーナの視線に慌てて閉めたのは、シズクの父にして元里長（さとおさ）、この里の内政担当。

「マージ殿、こちらにおられましたか」

「ん、アサギか。首尾はどうだ？」

「家屋の防寒や積雪対策は抜かりなく。この冬は支障なく越えられましょう」

「よし」

「……つきましては、マージ殿」

「どうした？」

意を決したように、アサギは膝をついた。

「騎士団に囚われの身であるドワーフの娘。彼女の救出に向かう許可をいただきたく」

「……ついに居場所が分かったか」

「今朝がた、キヌイより知らせの狼煙がありました。アビーク領の外ですので数日の道のりになるかと」

白鳳騎士団が去り際に口にした「捕虜から情報を得て狼人族の里を探していた」という言葉。それが気になった俺は調べを入れさせ、どうやら鉱人族の娘が囚われているらしいことまで突き止めていた。

百年前にこの地にあったという森でウェアウルフとともに暮らしていた亜人族。その末裔にあたる。その居場所が分かったという。

「かつての同胞が今も牢に囚われているか思うと、我らいても立ってもいられず」

「前にも言ったが、それは里を危険に晒すことになる。分かっているのか」

奴らは里を探している。そこにこちらから出向くなど、こちらから手がかりを与えることにほかならない。

そう問うと、アサギは神妙に頷いた。

「里の者たちの総意であります」

「それは関係ない。俺たちは正しい判断をしないといけないんだ」

俺は里の総意で王に選ばれた。借り物の王位ではあるが、それでも里の主権は俺の手にある。だからこそ冷静に冷徹に判断をしなくてはならない。

里のためにならないのなら、たとえ民の総意と異なっても別の道を選ぶ。それが為政者になるということであり俺の仕事だ。

俺が来るまで里を治めていたアサギがそれを理解していないはずもない。

「はい、もちろんでございます。その上でお願い申し上げています」

「冬支度が整ったといっても、来年の稲作や取引に向けた仕事は山積みだろう」

「それは、そうですが」

「里の内政面はアサギが主軸だ。俺がいなくても里は回るが、アサギがいなければ無理が出る」

「しかし……！」

珍しく食い下がるアサギ。狼人族(ウエアウルフ)にとって鉱人族(ドワーフ)はかつての戦友だ。俺には理解しきれない絆(きずな)もあるのだろう。それでも狼人族(ウエアウルフ)には狼人族(ウエアウルフ)のやるべきことがある。

「だから、俺が行く」

「なんですと」

「騎士団はこの辺りに里があることは知っていた。だが、正確な場所までは知らなかった」

考えられる可能性は二つ。囚われているドワーフの娘は詳細な位置を知らないか、あるいは。

「今も尋問に耐えているか、ですな」

「そうだ。もしそうなら早く救出しないと里にとって不利益になるからな」

と、どこから聞いていたのだろうか、家の戸がガラリと開いた。開けたのはもちろん、亜麻色の耳や尾に雪をへばりつかせた狼人(ウエアウルフ)の娘。

「ボクも行くよ。【装纏牙狼(ソウテンガロウ)】は使えないかもしれないけど、狼人(ウエアウルフ)族が行かないわけにはいかない」

「閉めるです！！！」

「アンジェリーナってそんな大きい声出るんだね……。閉める、閉めるよ。ほら閉めた。それで、行き先は？」

俺が目で促すと、アサギは地図を取り出した。指差した街の名は『ヴィタ・タマ』。ここよりもやや北方、アビーク領を抜けて数日ほどの距離にある都市だ。

通称、『鉱都』あるいは『興国の武器庫』。

巨大な鉱山と工房を備えた鉄鋼と武具の生産地だ。仮にここが敵国の手に落ちるようなことがあればこの国は終わるだろう。逆に言えば、そうならないだけの防備が敷かれた要害の地ということになる。

「ヴィタ・タマ、です？」

「どうやら白鳳騎士団が失態を演じたために別の騎士団へと管理が移ったらしく。別の街からヴィタ・タマへ移送されることとなり、その情報を摑んだことで居場所が分かったのです」

　珍しく神妙な顔で地図を見つめたアンジェリーナは、数拍だけ思考して口を開いた。

「……ジェリも行くです」

「どうした急に。外は寒いぞ」

「学術的興味です」

　学者にそう言われると「そうか」としか返せない。一行の面子も決まったところでアサギが改めて頭を下げた。

「マージ殿、ありがとうございます」

「いいさ。亜人の皆だけで遠征して騎士団に乗り込むなんざ不可能だ。俺が止めるのを分かっていて、自分が里に欠かせないのを分かっていて、その上で『自分が行きます』と臆面もなく言える。そういうところがアサギの長所だ」

「あくまで里と同胞のことを慮ってのことです」

　やりとりを見ていたベルマンもうむうむと頷いている。

「『命を賭してでも助けに行きたい』、そんな臣下の意気に感じて王が動いた。そういう筋書きというわけですなアサギ殿。よく言えば老獪、悪く言えばタヌキとはまさにこのこと！　流石！」

　民の願いを聞くことも大事だが、頼めばなんでもやってくれると思われては侮られる。

熱意に負けただとか重い対価に報いただとか、そういう物語（ドラマ）が政治には必要だとさる権力者の側近は言ったと聞くし、実際にやってみて至言だと実感する。

今回も民に『行け』と言われて行った王になってはいけない、というアサギなりの気遣いなのだろう。長らくこの里を治めてきた者の政治感覚とでも言うべきか。彼なりに先々を見据えてのやり取りだったに違いない。

「……まあアサギの場合、俺が行かないと言えば本当に槍（やり）一本担いで行きそうだけどな」

「元よりそのつもりでございます。槍も外に立て掛けてあります」

この血の気の多さ。娘のシズクが戦いで見せる苛烈さをみるに、アサギも若い頃は相当な武闘派だったのかもしれない。そこに年の功が備わったのが今の彼なのかもしれない。

そしてそんな彼の思惑を解するベルマンも教養人なのだろうとは思う。思うが、後半の『悪く言えばタヌキ』は余計だった。

「時にベルマン、水路が凍結して壊れておってな。今日中に直してくだされ。必ずな」

「え、アサギ殿？　今日中？　この凍りついた中を？」

「任せたぞ」

いや本当に、よく言っておくだけでいいのになぜ悪く言ったベルマンよ。

ちなみに狼人族（ウェアウルフ）では、年長者、そして年少でも身分の高い相手に対しては『殿』で呼ぶのがならわしである。なのでアサギは年下でも俺を『マージ殿』と呼び、ベルマンは目下で年下なので呼び捨てというわけだ。

ベルマンは気の毒ではあるが自業自得なのでそのままにしておくとして。俺はヴィタ・タマへ向かう準備をすべく席を立った。腰の刀がちゃきりと鳴る。

「アサギ、ドワーフっていうのはこんな刀を打つくらいだから凄腕（すごうで）の技師なんだろう？」

「左様です」

「ちょうどいい。来年の稲作はもっと道具に頼っていきたいと思っていたところだったんだ。技師を連れて帰ってくるから待っていてくれ」

「は、お気をつけて」

こうして、俺たちの次の目的地が決まった。目指すは騎士の闊歩（かっぽ）する街。戦いの備えは、必須だろう。

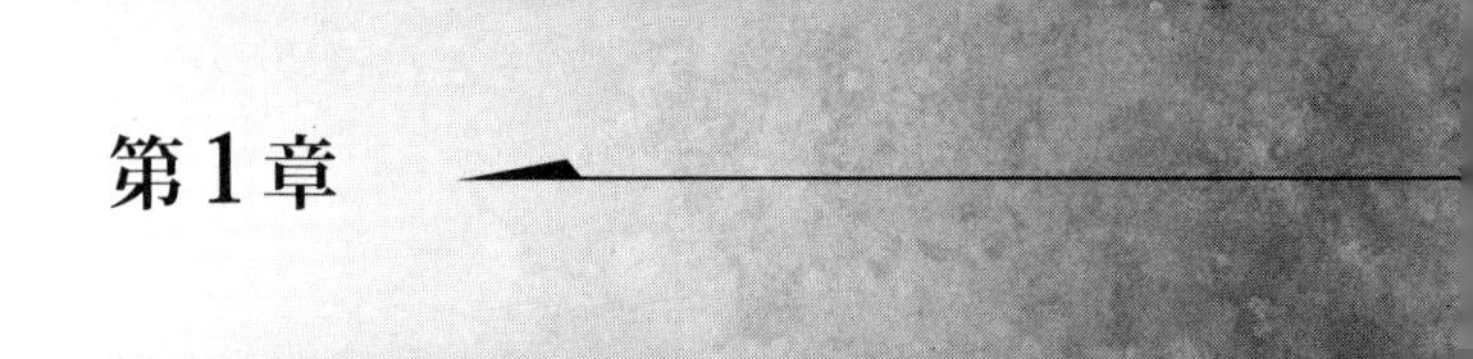

第1章

1. 鉱都ヴィタ・タマ

——準備期間を経て、約十日後。

俺が『神銀の剣』にいた頃、最後に拠点としていた街はベルデラという。通称、大窟の街。S級ダンジョン『魔の来たる深淵（しんえん）』の攻略者とそれを相手に商売する者、ギルド関係者に国の役人……そういった人々が集まるうちに形成された街だった。

ここ、ヴィタ・タマはそんなベルデラとは成り立ちからやや異なる。

街の基幹となっているのは鉱山。かつて亜人であるドワーフが開発し、今は人間と共同で管理していると文献には書いてあった。とはいえそんなものは名目にすぎず、実際はドワーフは奴隷か捕虜になっているもの、と思っていたのだが。

「マージ、あれが？」

「……ああ、鉱人族（ドワーフ）のはずだ」

「いっぱいいるね」

「ああ、いっぱいいるな」

石造りの家に、石畳の道。全てが石と鉄でできた街のそこかしこをドワーフが歩いている。数こそ人間が九にドワーフが一未満といったところだが、身分は決して低く見えない。茶をたしなむ者、学校で学ぶ子供、中には魔術について論じあっている識者すら見かけたほどだ。

人間と同じ、あるいはそれ以上の生活を送っている。文献で必ずといっていいほど触れられるヒゲもしっかり整えられていて非常に清潔だ。

「マスター、筋肉の密度が人間と違うから、ああ見えて体重は俺より重いらしいけどね」

街を往く小柄な人を、コエさんは興味深げに見つめている。俺も実物を見るのは初めてだがあの特徴は間違いない。

亜人族、ドワーフ。

外観としては、小さい。とにかく小さい。亜人の中でも、例えば狼人は人間とほぼ同じか少し大きいくらいの体格をした種族だ。全体でいえば中の上くらいのサイズだろうか。

十三歳で背丈が俺の胸ほどもないシズクは狼人族としてはやや小柄な方になる。

街を往く鉱人族は成人の男ですらそんなシズクと大差ない。鉱山で生きるために身体が小さくなるスキルを授かった、なんて噂もあるくらいだが詳しいことは不明。もう少し進んだ説だと「体が小さいから鉱山での生存競争に勝ち残った」という逆の説が支持されている。

少なくとも賢く器用な種族なのは間違いない。奴隷として抑圧されていないのであれば、ああいった文明的な生活を送れてもおかしくはないだろう。

奴隷になっているか捕虜になっているか。そんな心配も取り越し苦労だったかと思いかけたところ、シズクがぼそりと呟いた。

「違う、あれはドワーフじゃない」

「シズク、違和感があるなら言ってみろ」

「里にはドワーフについての話はいろいろ伝わってる。ボクも小さい頃から聞かされて育った。あれは聞いてた話とぜんぜん違う」

「ごく普通に見えるが……」

「あいつらが普通なわけない」

「……は？」

ごく真剣な顔で語るシズクいわく。

「ドワーフは鉱物掘りや木こり、鍛冶や細工に秀でた技師の種族だ。その技術力は人間なんかじゃ相手にもならない。そこに関しては森の外ですら一目置かれる存在だったって聞いてる」

「立派なもんじゃないか」

「そして、その評判でも清算できないくらい素行がゴミみたいに悪かった」

「……うん？」

「酒を飲んで暴れる、歌を歌って暴れる、掘った鉱石の質がよくて暴れる、悪くて暴れる、空が青いから暴れる、朝起きたらそういう気分だったから暴れる」

「よく森で仲よくやれてたな」

「対抗する力のあった狼人はまだいい方で、被害にあいやすかった亜人族の記録には悪口雑言の限りが……」

「【空間跳躍】、起動」

今後の狼人族と鉱人族の関係にヒビが入りそうなので、シズクの声を上空に飛ばしておいた。

どうやらこちらを気にしたドワーフもいなさそうで胸をなでおろす。失礼を咎められたら厄介事になるところだった。

「でも、ドワーフだって狼人を『口じゃなくて手で刀を使える見上げた犬』って言ってたって……」

「仲がよさそうで結構だが昔の話だ。今そんなことを聞かれるわけにもいかないだろう」

そこまで言って、気がついた。

聞くとか聞かれない以前に、ドワーフたちはこちらに全く関心を払っていない。自分たちを話題にされて視線すら向けようとしないのはさすがにおかしくはないか。

危険を承知でシズクを連れてきたのは本人の希望だが、同じ亜人族がいた方がドワーフに接近しやすいとも考えたからだ。街の様子如何ではシズクの見た目を変えて人間に見せることも必要かもしれないとまで想定していた。いざ蓋を開けてみれば、好奇の視線を送ってくるのは人間の通行人ばかり。ドワーフたちは自分の手元を見つめるばかりでまったく興味を示してこない。

「コエさん、ちょっとお願いできるかな」

「はい、マスター」

よもやと思いつつ、コエさんに頼んで手近なドワーフに声をかけてもらう。長椅子で占星術か何かの本をめくっている。

「失礼致します、ちょっとよろしいでしょうか」

「はい、なんでしょう」

穏やかで理性的な返答。

「私たちは旅の者です。亜人族の風俗を見て回り、本にまとめようとしております」

「それはそれは素晴らしい」

「見たところ、伝統的な鉱人族(ドワーフ)の生活とは随分異なる暮らしをされているご様子。戸惑いや不満などはないのでしょうか」

ややや答えづらい質問かとも思ったが、返答はすぐにきた。

「とんでもない、文明的な生活を送って充実しておりますとも。何も不満はありません」

「左様でしたか。読書をお邪魔してすみません。よい一日を」

「ええ、よい一日を」

つつがなく会話を終えて戻ってきたコエさんに所感を聞くが、特に不自然さは感じなかったという。やりとりをじっと見つめていたアンジェリーナもコートの襟を詰めながら首をかしげる。

「学術院の偉い人よりよっぽど紳士ですね。……不気味なくらいに」

不気味。アンジェリーナがそんな抽象的な表現を使うのは珍しく、実際どこか違和感はある。本命の目的と関係あるかは分からないが、看過してはいけない気がした。

「アンジェリーナ」

「です？」

「こういう違和感を検証する時、学者はどうする」

アンジェリーナの返事は即答。

「試行回数です。ひとつの点ではただの点、でもたくさんの点が線や面になれば見えてくるものがあったりなかったりします」

なかったりするのは仕方ない。その時はその時だと割り切って俺は指示を飛ばした。

「皆、街になるべく広く散って、ドワーフに同じことを聞いてくれ。その時の反応を一言一句もらさずに記録して持ってくるんだ。シズクは念のため俺と行動で」

そうして解散したのが午前中のこと。

昼過ぎに持ち寄られた情報は、俺とシズクが一八人、コエさんが四五人、アンジェリーナが二人。六五人ぶんのドワーフからの返答を集計してみてひとつの事実が浮かび上がった。

「三通りしかない」

新しい生活に不満はないかという問いに対する回答。

『とんでもない、文明的な生活を送って充実しておりますとも。何も不満はありません』

『そんなことはありません。文明的な生活に満足しております』

『いいえ、文明的な生活を与えてもらって感謝しています』

六五人いてこの三通りしかない。一言一句同じだ。

「ジェリはちょっと声をかけるのに失敗しやすくて気づかなかったですが、これは異常ですね……」

アンジェリーナはむしろドワーフに間違われやすく難航したらしい。長身のドワーフ女性は、体型的にもアンジェリーナに近いとか。

ともあれアンジェリーナの言うことはまさしくだ。この結果は明らかに不自然だろう。

「何か原因がある、と見るべきだろうな」

「原因って?」

言論統制か、教育か。いくつか考えられるが決めつけるのはまだ早い。

この街のドワーフたちには何か秘密がある。どこかに囚われているはずのドワーフの娘とも関係あるかもしれない、もっと情報を集めようと、そう言いかけた俺の背後から声がかかった。

「どうされました、旅のお方?」

穏やかな、だが人を射抜くような男の声がすぐ近くからした。

町中は情報量が多いため、感知スキルは最低限を残して切っている。それでもここまで自然に背後へ迫れるものかと思い振り向くと、そこには鎧をまとった武芸者がいた。

「……！」

全員が同じことを口に出しかけて押し黙った。

頭を露出した奇妙な形状の全身甲冑。腰にはこれ見よがしな直剣。その特徴を持つ組織を俺たちは知っている。

騎士団だ。

赤い鎧を身に着けた騎士が三人。赤髪の優男が一人と禿頭の大柄な男が二人で、優男の階級が高いのだろう、大男たちが後ろで控えている。その立ち位置にどこかアルトラとゴードンを思い出す。

「おや、珍しい。そちらのお嬢さんは狼人ですか。はじめまして」

「……はじめまして」

「いかがですか、このヴィタ・タマは」

「清潔でいい街、だと思う」

「それはよかった。亜人にとっても住みやすい街を自負していますのでね」

一見して友好的。だが騎士といえば亜人狩りの専門集団である。俺の背中に回したシズクに、しかし優男はじっと見つめて微笑みかけている。

キヌイを襲った白鳳騎士団は、たしか全員が白銀の鎧を身に着けていた。軍隊では部隊ごとに装備の色を揃えるのはよくあること。騎士団もそうなのだとすれば、赤鎧の彼らはおそらくは別隊の人間だろう。

　俺たちのことを共有されていないのか。人相書きくらいは回っていてもおかしくないと思っていたが……。そもそも亜人の敵であるはずの騎士団にしては態度も優しすぎる。

「申し遅れました。私は紅麟(コウリン)騎士団のキルミージと申します。困ったことがありましたら騎士団の屯所までお越しくださいませ。外からのお客様ですからね、おもてなししますよ。それでは」

　それだけ言うと、キルミージと名乗った男はさっさと帰っていった。大男二人もそれに続く。

「マージ、追う？　捕まってるドワーフの手がかりになるかもしれない」

「そうだな。ただ」

「罠(わな)です」

「ああ、罠だな」

　シズクの言う通り、騎士団を知るには騎士に接近するのが一番手っ取り早いだろう。だが物腰柔らかに見えても敵はあくまで騎士。亜人の敵対者だ。

「俺の人相書きくらい回っていないわけがない。そうでなくても狼人(ウェアウルフ)のシズクを連れ歩いて、町中で目立つ聞き込みをしてる人間を怪しまないわけがないんだ」

「そりゃ、そうだよね」

「騎士団だってバカじゃない。これは罠だ」

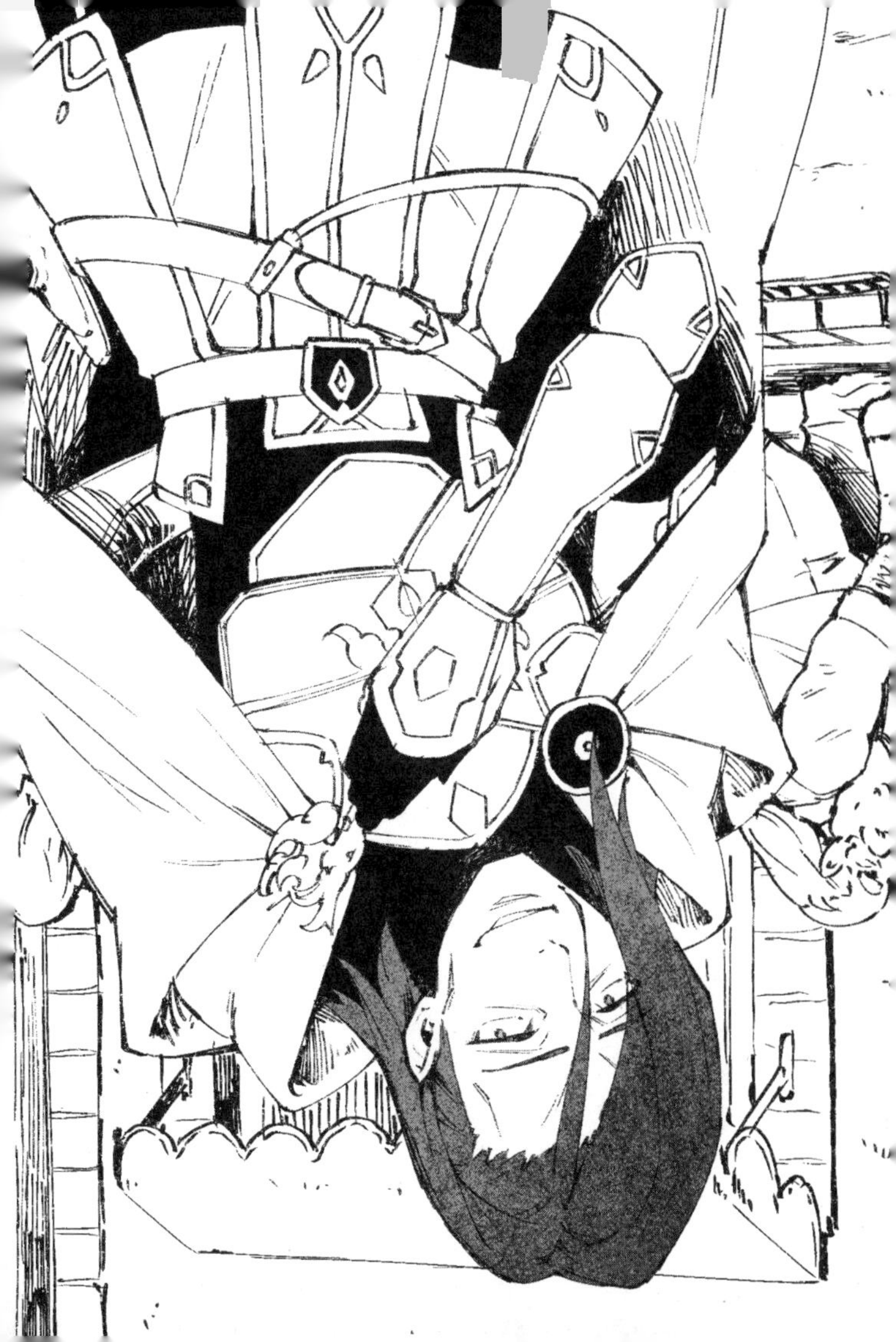

シズクとアンジェリーナが黙って頷く。でも、と意見を挟んだのはアンジェリーナ。

「こんなミエミエの罠を張る意味とは？　こんなのアレです、ハトにカゴかぶせるアレみたいなもんです」

「俺が心底舐められているだけ、という可能性を除くならだが」

ハトにカゴをかぶせる罠に必要なもの。それはエサだ。思わず飛びつかずにはいられない、そんなエサ。

「亜人、だろうな」

奴らにとってのマージ＝シウは『亜人に与する反逆者』。そのエサに使うのは亜人しかない。ならば選択肢はひとつ。

「ドワーフのお姫様、ですね」

「俺一人で行く。特にシズクは危険だ。コエさん、アンジェリーナと安全な場所にいろ」

「でも……いや、分かった。待ってる」

「妃石のペンダントは身に着けているな？」

「うん。これがあれば、ボクも少しは戦える」

シズクはエンデミックスキルの使い手だ。土地に根差すスキルであるため、離れたこの土地では本来の力を発揮できない。

だが、王族の証である妃石に施された仕掛けがある。身を守るくらいはできるだろう。

「とはいえシズクの戦闘力は限られている。アンジェリーナ、コエさんとシズクを頼む」

「合点承知」

敬礼で返したアンジェリーナに頷き返す。

「コエさんは何かある？」

「行ってらっしゃいませ、マスター」

「ああ、後は頼む」

必要なやりとりを済ませ、俺は思案を巡らす。騎士の後を追うといってもキルミージの技量は高い。普通に尾行しても気づかれるだろう。

尾行には尾行に向いたスキルを使うべき。

「【潜影無為】、起動」

元ベルマン隊斥候、メロ＝ブランデ。いろいろあって彼女の持っていたスキルは全て俺の手元にある。中でもポイントの高かった【隠密行動（おんみつ）】は上位スキルへと進化していた。

見えていても見えない。聞こえていても聞こえない。そんな優位を得られるスキルだ。隠密行動や暗殺用のスキルとしては無二の性能といっていい。

「じゃあ、行ってくる」

三人から返事はない。スキルが有効に働いている証だと確かめて、俺は二人の背中を追った。

騎士たちは迷いのない足で街の中心部へと向かっている。すれ違う通行人の数も次第に多くなり——中心近くほど人間が増えてドワーフは減るようだ——、鉱山から採掘された鉱物や、刃物や工具といった鉄鋼製品が売られる市場として賑わっているのが見て取れた。

市場を抜けてすぐ、キルミージたちが入っていったのは小綺麗な二階建ての建物。キルミージと同じ赤鎧の騎士たちが闊歩している。紅麟騎士団とやらの屯所らしい。

若い騎士たちが続けて現れてはキルミージに報告したり指示を仰いだりして去ってゆく中、四人目との会話が耳に止まった。

「地下の様子はどうだ。例の娘だ」

「尋問を試みましたが、やはり口を割りません」

「私から聴取することがある。支度してくれたまえ」

「今からでありますか？」

「今からだ」

そのままキルミージに続く。奥まった場所にある扉を開けた先には地下への階段。暗く底が見えない中を、キルミージは慣れた足取りで下ってゆく。その先には重い石扉。

石扉を抜けた先はやや広くなった空間だった。そこに踏み込んで半分ほど進んだ瞬間、背後で扉に閂がかかる音がした。

「総員、【黒鉄の矢】起動！　放て！」

「ッ、【金剛結界】、起動」

とっさに発動した防御スキル。全身を覆った結界に、強化された矢の雨が続けざまに降り注いだ。

「そんなものを用意していたとは。さすが抜かりのない」

「あやうく自決用の自爆を使うところだったさ」

読んで一斉射しましたが、射ってみて誰もいなかったら赤っ恥をかくところでした」

「いえいえこちらこそ。それにしても見事な隠密スキルですね。きっと尾けてきていると

「話が早くて助かる」

声をかけて尾行を誘った。

だから俺はシズクを連れ歩き、怪しまれる行動もとった。騎士団はいかにも友好そうに

要するに、どちらもさっさとことを進めたかったのだ。

見え透いた罠を仕掛けた騎士団に、それに乗った俺。

などご存知でしょうに」

「それはお互い様でしょう。これ見よがしに亜人を連れ歩けば騎士団が捨て置かないこと

済みか」

「まあ、人相書きくらいは回っているだろうと思ったさ。俺が尾行してくるのも織り込み

「いえいえ、お気遣いなく。改めてヴィタ・タマへようこそ、狼人族の王マージ＝シウ」

「熱烈な歓迎でありがたいよ。名乗った方がいいか？」

「おもてなしする、と言いましたからね。お顔が見えなくては挨拶もできませんし」

「並の人間なら肉片だ。いきなり剣呑じゃないか」

「ああよかった、本当にいらっしゃいましたか」

この遠征が仮にも敵地調査である以上、最悪の事態は想定すべきだ。俺が自ら命を絶った時は周囲を巻き込んで破壊するようスキルを組み合わせて発動してある。死ぬ時は敵もろとも、は冒険者の基本だ。

しばし睨み合う。やがて面白くもなさそうに笑うと、キルミージは俺に背を向けた。

「ソドムにゴモラ。後はお願いします」

「はっ、必ずや拘束し全てを吐かせます」

「我らに全てお任せを」

俺のことは部下に任せ、自分の仕事に戻るらしい。さすが騎士団長はなかなか忙しいようだ。残された大男二人がジロジロと俺を睨めつけている。

俺にしてもここで足止めされる理由もない。さっさと抜けて用事を済ませることにする。

「ひとつ聞きたい。ここには、最近になって白鳳騎士団から移送されてきたドワーフの娘はいるか？　おそらくアビーク領から来ているはずなんだ。頼む、教えてくれ」

「さぁ？　どうだろうなぁ？」

「なるほど、いるんだな」

「ッ！」

しっかりと顔に出た。カマかけだったが図星らしい。見た目通りというのもなんだが、キルミージに比べれば大男たちの頭の切れは今ひとつか。

おそらくここは紅麟騎士団にとって守りやすい場所なのだ。どこに隠そうが何で隠そうが、時間さえあれば俺は見つけだせる。むしろコソコソと隠しているなら護衛も手薄で簡単に突破できるだろう。

『だったら一番硬い場所に置いて、どうせ来るなら呼び込もう』といったところか。

「合理的な上官を持って幸せだな。それで、だ。いくら騎士団が精鋭といったところで、その一二人で足りるのか？　入ってきたドアも俺を閉じ込めるには強度が足りない」

俺の問いに、ソドムと呼ばれた方が無駄に大声で笑う。

「カカ、安心しろ。戦うのはこいつらじゃない」

「もちろん俺たちでもない」

「なら、誰だ」

ゴモラが手振りで指示すると、先ほどキルミージが出ていったドアがまた開いた。そこから入ってきたのは。

「我らが誇る、ドワーフ忠国隊だ」

2. 鉱人(ドワーフ)

「……ドワーフ、か。ここにもいたんだな」

外にいたドワーフたちと違うのはひと目で分かった。薄汚れた服装、伸び放題のヒゲ。手には錆(さ)びだらけの粗末な武器が握られている。何よりの違いは、濁りきった右の瞳だろうか。左目は……全員が潰されている。

敵の魂胆が読めてきた。

「俺は、マージ＝シウは亜人の味方だから、傷だらけの亜人を差し向ければ黙って殺されるとでも思っているのか」

あまりに安易な発想だ。そう言いかけた俺を指さし、ソドムが叫んだ。

「ドワーフよ、『宣言する』！」

ドワーフたちの纏(まと)う空気が、緊張と怯(おび)えでピリリと震えた。

「首を刎(は)ねろ、あの男の頸(くび)を刎ねろ！　できなかった者は右目が破裂する！　傷ひとつつけられなかった者は、その妻子の右目も同じく破裂する！」

「……破裂『する』？」

不自然な物言いに思わず反芻(はんすう)した。罰として目玉を抉(えぐ)り出す、というなら残酷ではあるが理解はできる。だが『破裂する』という。

まるで、あの数十人のドワーフのうち俺の首級をとった者だけが助かり、それ以外の者の目は勝手に弾け飛ぶ、とでも言っているかのようだ。

「常識で考えたらありえないし、ユニークスキルにしたって局所的すぎるが……」

ガタガタと震えるドワーフたちの様子がただ事でないのは確かだった。出方を窺う俺に向け、ゴモラが愉快痛快とばかりにさらに叫ぶ。

「加えて『宣言する』！　奴の命が終わるまで、貴様らは足を止めることがない！　目から は大粒の涙を流し、命乞いしながら武器を振るう！　さもなくば己の右手より懲罰を受ける！」

自分の右手が自分を殴るという。ますますわけが分からない中、若いドワーフの一人が小さく小さく呟くのが感知にかかった。

「戦うだけならまだしも、そんな卑怯なこ、ゴポ」

彼の独り言は、自分の右手が口を殴りつけて途切れた。

「が、待っ、やめ、たす、が……！」

右手の暴走を左手で抑えようとしてもまるで歯が立たない。拳が裂けようが指が折れようが殴り続ける右腕に、左手も構わずへし折れそうなほどに打ちのめされている。

「分かっ、た、やる！　や……」

「おいゴモラ、止め方を宣言していないのではないか？」

「おっと、そうだったな。おい、お前が勝手に殴っているのだから自分でどうにかしろ」

右腕は止まらない。自力で止めるのは無理とみた隣のドワーフが斧を振り上げた。

「ち、チュナル！　任せろ！」

一閃、チュナルと呼ばれた青年の右腕を切り落とす。骨の飛び出した右腕は床に落ちてようやく動きを止めた。悲鳴を上げないのはドワーフの男の意地か。

そんなドワーフたちにソドムはくくと笑いかけた。

「気をつけろドワーフども。どうやら腕を切り落とす以外に助かる術がないぞ？」

にやついた笑みを隠すこともしないソドム。ドワーフたちは返答もできず、チュナルの止血を終えても震えながら立ち尽くしている。

「ふん、ドワーフに人間の言葉は難しすぎたか。よいか、行け、と言っているのだ！」

後ろを詰める弩弓隊の弓がじゃきりと鳴る。

「騎士団とは国家の正義！　国を愛する貴族様が資本を投じ、お国に貢献するために我らを尖兵として使ってくださっているのだ！」

「その仕事を放棄するなど、お国への反逆！　まさしく人にあるまじき所業！」

顔を赤くしながら、ゴモラはドワーフたちに問う。

「お前らの喜びを言葉にしろ」

「よろ、こび……」

「貴様らが、国にその身を捧げる喜びを言葉にしろ！」

「し、至上の喜び！　文明の一端を担う幸せ!!」

「ならば、行け！　奴(やつ)の頸を落とせ！」

同時、ドワーフたちが一歩前に出る。足の震えは止まり、手はしっかりと武器を握りしめ、しかし顔には恐怖がありありと浮かぶ。

この現象はやはりスキルのせいとしか思えない。なんのスキルか分かれば対策も打てるはず。ドワーフたちがじりじりと半ばまで進んだ頃、俺はひとつだけ思い当たるスキルに行き当たった。

「……暗示のスキル、か」

「ほう、気づくか」

「ああ、偶然だがな」

手がかりになったのは文献でも知識でもなく、狼(おおかみ)の隠れ里での経験だった。

たしか一ヶ月ほど前、だったろうか。

足を腫れさせたベルマンが薬を求めてアンジェリーナの元へやってきたことがあった。

アンジェリーナは患部を診ると、棚から一本の瓶を取り出してベルマンに飲ませた。

「神銀鉱石にガマの魔物の体液、それにいくつかの少量元素を錬金術で精製したお薬です。金より高い秘薬ですが……。まあ、とっておいても仕方ないので飲ませてあげます。あとはあっちの部屋ででも休んでれば治るです」

たまたま居合わせたコエさんは手際のよさに感心したという。が、アンジェリーナはベルマンが出ていくとすぐに「探してほしい薬草がある」と言い出した。

「ベルマンさんはもう治るのでは？」

「あれはお豆を発酵させた汁です。新しい調味料になるかもと思ってるですが、腫れになんて効きゃしないです」

「なんと」

「人間、『効く!!』と思って飲めば塩水だって効くです。ああして症状を抑えつつ安心させて、その間にちゃんとした薬を作るです」

「なんと……」

コエさんが女衆に頼んで薬草を調達し、本当に効く薬が完成した頃には、ベルマンの足の腫れは半分近くまで引いていたという。アンジェリーナは「いくらなんでも効きすぎです」と呆れていたが……。彼女の言うことは正しかったわけだ。

そう、確か名前は。

「『偽薬効果』。俺の仲間はそう呼んでいた」

「ふん、無駄に小賢しいな蛮族の長め」

「キルミージ団長のユニークスキル【偽薬師の金匙】。きらびやかな黄金の匙で掬って計れば、塩も麦粉もみな万能薬に見えるのだ」

そして薬と思い込めば薬になるのなら。その逆もありうるはず。

「俺の頸を落とせなければ、思い込みで目が破裂する。そういうことか」

「ふん、分かったところでどうする？　さあ、もう目の前だ」

じりじりと進んできたドワーフたちの前列が今、俺の間合いに入った。武器を振り上げたその顔からボロボロと涙が溢れ出した。

「あ、あんた、頼む。逃げないでくれ。逃げないでくれ!!」

先頭の一人に続いて、後ろのドワーフたちが次々に口を開く。

「目玉がスイカみたいに膨らんでいくんだ」「世界が真っ赤に染まった」「解き放ってくれ」「耐えられない」「腕は俺に切らせてくれ」「逃げるな」「娘がいるんだ。まだ両目あるんだ」「頼む」「右足は俺に」「指一本だけ」「暗闇は嫌だ」「女房がまた痩せて」「逃げるな」「そこにいろ」「動くな」「そのまま」「俺の番まで」「逃げないで」「助けて」「頸を」「俺に耳を」「鼻を」「歯を」「腸を」「胃を」「肉を」「骨を」「心臓を」「脳を」「くれ」「少しでいい」「削らせろ」「切らせろ」「死んでくれ」

「どうするマージ＝シウ。そのまま死ぬか？　それとも自慢の防御スキルで見捨てるか？　おっと、ドワーフを返り討ちにするって手もあったか」

ああ、なるほど、と。ゴモラの歪んだ笑顔を見て素直にそう思った。

「シズクを連れてこなくて本当によかったよ。覚悟は決まっていてもまだ幼い。ちょっと刺激が強すぎる。……ドワーフたち、俺の頸を切りながらでいいから聞いてくれ」

「何をしている！　やれ!!」

「ぐ、ぐぅ……！」

ソドムの声に急き立てられ、先頭のドワーフが錆びた斧を振り下ろした。その軌道はあ

ねさせればいい。アルトラと戦った時も似たようなことをやったから勝手は分かる。全員に刎ね

俺の頸を切れなかったドワーフは右目が破裂する、というのなら話は簡単だ。全員に刎

作って順………番にだ。また途切れた。順番だ、順番」

「そんな回りくどいことをしなくていい。頸だ。俺の頸を落としに来い。そっちに列を

「と、止めろドワーフども！　足を刻め！　目を潰せ!!」

足を前へ。進み続けるドワーフたちとすれ違うように一歩ずつ。

ろの騎士たちを叩く」

「驚くのはいいが、俺はこれからそちらに向かうぞ。もう一度言う。俺は、これから、後

「バカな、アビーク領からはそんな報告は……」

ちも啞然としている。

知らない。治癒スキルで瞬時に繫がった頸を見て、ドワーフも騎士も、最後方のソドムた

こいつらは、俺のスキルを全て知っているわけじゃない。少なくともこの治癒スキルを

が違う」

「【熾天使の恩恵】、起動。その粗末な斧で一刀両断するのはさすがだな。人間とは力の桁

「な、な……!?」

で途切れたな。伝わったか？」

「俺はこれから、皆の後ろにいる騎士たち………を殴る。ん、途中で頸を切られたせい

やまたず俺の頸へ。

　俺はゆっくりと、あくまでゆっくりと騎士へと歩み寄る。斧が次々と俺の顎の下を通り過ぎていく。

「あと一五人。さあ、どんどん来い」

　まだ頸を刎ねていないドワーフを数える。

「あと一〇人。遠慮はいらない。これくらいは慣れている」

　騎士に迫る。大男たちも後ろで弩弓を構える一二人も、顔色がだんだん青くなっていく。

　そうする間にもドワーフたちが俺の頸を刎ね、そのたび「ありがとう」「すまない」とささやくのが耳に入ってくる。そう言いつつも剣筋の鋭さが衰えないのは暴れ馬がごとき一族の本能か。騎士まで残り数歩。

「あと五人、三人、一人……」

　最後。最初に傷を負ったチュナルが、傷まみれの左腕に斧をくくりつけて振りかぶった。

「全員終わり」

「ほ、本当に人間か、貴様……!?」

「なんだ、騎士団はヒト以外を殺す専門集団だろう。なのに人間かそれ以外かの区別ができないのか？」

「うぐ……！」

　計二十一回ほど頸（くび）を切られたものの、どうやら治癒は追いついたようだ。俺の頭と胴体は今も無事につながっている。背後からは、ドワーフたちが互いの右目が無事なことを確かめ合って喜ぶ声がする。

「とはいえ、さすがにこれだけ切り貼りしたのは初めてだ。なあソドム、首の継ぎ目がズレていないか見てくれないか？　ちょっと右に寄っている気がするんだが……ほら、見てくれよ。ほら」

「く、来るな、来るんじゃない。分かっているのか？　ここで軽挙に走れば騎士団を敵に……。いや、まず我々は同じ人間ではないか。争う理由などない。理性的な話し合いを」

「もう遅い」

ここまできて話し合いで何か解決できると思うほど、俺は世間知らずじゃあない。

神の豪腕を呼び出すスキルを起動する。不可視の六本腕が一斉に振りかぶった。

「【阿修羅（あしゅら）の六腕】、起動」

「ひ……！」

「『叩け』」

下っ端の騎士は一二人。自慢の赤鎧（よろい）もろとも、六つの拳が二撃でもって床に叩き伏せた。

弩弓の破片が宙に舞う。

残るは隊長格の二人。こいつらには先に聞くことがある。

「ソドムともう一人は……ゴモラ、だったな。二人に話がある」

「くっ、殺せ！」

「痛めつけたとて口を割ると思うか、蛮族の長め！　騎士の誇りを舐（な）めるな！」

口だけでもそれが言えるのは大したものだ。腰が引けた大男などみっともないだけだが。

「意固地になられても困る。なら、こうしよう」

俺は、ソドムの目の前に右手を翳(かざ)した。

「何を……？」

「宣言する」

「宣言……!?　貴様も【偽薬師の金匙】を!?」

そんなスキルは持っていないが、なくてもできることはある。

「宣言する。お前たちは、ドワーフの娘の居場所を言う。言わなければ右腕が切れて落ちる」

「き、急に何を言っている？　暗示もかけずにそんなことを……へ？」

【亜空断裂】、起動。

空間ごと切断するスキルは、音もなくソドムの右腕を床に叩き落とした。

「ぐああ！　う、腕が！」

「切れて落ちたな。チュナルだったか、お前らが暗示をかけたあのドワーフと揃(そろ)いじゃないか。うちの町にも右腕をよく落とす男がいるから仲よくなれるんじゃないか」

「な、何を言っている？　なんだ、今のは何が起こったんだ!?」

どうやら【亜空断裂】についても詳しく伝わっていないようで好都合。そうなった理由に心当たりはあるが、それは後だ。

「宣言する。お前は今すぐに俺にドワーフの娘の居場所を教える。教えなければ睾丸が凍結する」

「や、やめろ！　やめろ!!」

「やめろと言われても、お前の睾丸が勝手に凍るんだからどうしようもないな。二個あるから右か左かくらいは選べるかもしれないが……」

「分かった言う！　言うから！」

騎士団といっても末端はこんなものか。白鳳騎士団のあの団長の方がまだ大物だったろう。あるいは、紅麟騎士団をまとめているキルミージという男がこいつらを補って余りある器なのか。

「ま、マージ＝シウ！　お前が言っているのは白鳳騎士団から移された娘、のことだな？　それで間違いないな!?」

「そうだ、その娘だ」

「それならここより二階下の地下牢だ！」

「……そこは、どういう牢だ」

「て、鉄のベッドがある部屋だ。手足を固定する枷がついていて、そこに……」

「…………」

「ああ、衛生状態なら心配しなくていい！　まだ収監したばかりだし、それに『客』として成金が来るからそれなりの身支度を……」

「来たのか」

「え、いや、来たは来たんだが、その、何もできなかったというか……」

妙に歯切れが悪い。縛り付けられた娘がいる牢に来る客など目的は見えているのに、何もできなかったというのは一体どういうことだろう。何かしらのスキルの力だろうか。

「とにかく二階下、地下三階だな。地上は二階建てなのに地下は……ずいぶんと広いな。それになんだ、この蟻の巣じみた複雑さは」

感知スキルで走査してみて驚いた。軽く探った程度では全体が見えてこない。下手すると狼の隠れ里よりも広いかもしれない。

ソドムの止血をするゴモラに尋ねると、何を焦ったか股を手で押さえて答えが返ってきた。

「こ、鉱山と繋がっているのだ。鉱山のドワーフを直接この屯所へ連れてこられるように」

「……そうして連れてきたドワーフを痛みと暗示で支配して、戦力にするなり自我を奪って街に住まわせたりしているわけか。……キルミージはなぜそんなことを？」

「いくら亜人でも殺すなんて野蛮だからやめろ、と団長が……。お、俺たちもそれしか聞かされてない。本当だ！」

「殺すのは野蛮だからと、やることがこれか」

奪う側の理屈が身勝手なのはどこも同じらしい。

まるで全てを差し出すなら生かしてやる、とでも言いたげだ。全てとは財産や土地だけじゃない。ここのドワーフたちは文化も生活も、人格さえも奪われている。これを生きていると言ってよいのだろうか。

生きていればそれでいいだとか。死んだらなんにもならないだとか。その手の言葉は世間にいくらでもあって、往々にして弱者に向けて投げかけられる。

ある意味、『命あっての物種』の究極形がこの街なのかもしれない。

「人間じゃないから殺すのが白鳳騎士団で、人間じゃないから手段を選ばずヒトにするのが紅麟騎士団。そんなところか」

「白鳳騎士団のような野蛮な者どもと我々は違うのだ！」

「ああ、そうかい」

もう少し詳しく知りたいことはあるが時間もない。ソドムとゴモラもそこまで多くを知らされていそうにないし、そろそろ先に進むとしよう。向こうの命乞いも佳境のようだ。

「そ、それでだなマージ＝シウ。ドワーフの娘なぞ救出してどうする気だ？　慈善事業のために自分の民を放置し、無意味に食い扶持を減らす王など……」

「里の水車や機織り機にガタがきていてな。いい機会だから腕の立つ技師が欲しくてドワーフを連れ出しに来た。つまり里の食い扶持のためだ」

「あ、そ、そうか……」

「じゃあ俺はもう行くが、いいのか？」

「何がだ？」

俺が右を指差す。ゴモラと、右腕の止血が済んでようやく落ち着いたらしいソドムが視線を移すと、そこには当然といえば当然の光景。

「助けてくれ」「目を潰さないでくれ」「腕がまだ痛むようだ」「嫌だ、嫌だ」「もうたくさんだ」「誰でもいい」「解き放ってくれ」

二一人のドワーフたちが武器を構えたまま、ソドムたちへとじわり、じわりと迫っていた。

「かけた暗示は『マージの頸を切れないと自分や妻子の右目が潰れる』『マージの生命が終わるまで、足を止めることがない』だったな。俺の生命はまだ続いてるわけだが……。足を止めずに何をするんだろうな」

「あ……！」

もとより無理矢理に従わされていた者たちだ。妻子を人質にとられ、背後を弩弓(どきゅう)に狙われては前進するよりほかになかったのだろうが……。今やその縛りはない。

「ドワーフたち、ここは鉱山に直結しているそうだ。ことが済んだら下へ向かえば隠れる場所くらいあるだろう。それと……武器は足りているか？　錆(さ)びた斧(おの)じゃ心もとないだろう」

「で、でもあんたは素手じゃないか」

「【技巧貸与(スキル・レンダー)】、起動。順に名前を言ってみろ」

【債務者：チュナル　貸与スキル：斬撃強化】
【債務者：アフメト　貸与スキル：腕力強化】
【債務者：バリス　貸与スキル：鷹の目】
【債務者：ファティ　貸与スキル：脚力強化】
【債務者：ブニャミン　貸与スキル：疲労耐性】
【債務者：ハリト　貸与スキル：投剣の心得】
【債務者：デニス　貸与スキル：刹那の閃き】
【債務者：バリス　貸与スキル：応急治療】

…………………

………………

……

「これは……！」

手持ちから当面の役に立ちそうなコモンスキルを十日限定で貸し与える。スキルポイントは少なめにしておいたがもともと強靭なドワーフたちだ、これだけでも大きな武器になるだろう。

二一人が小さく頷く。騎士たちに錆びた斧を振り上げたドワーフたちは、早口につぶやきだした。

「目が潰れるのは痛い」「舌を抜かれるのは苦しい」「指を一本ずつ折られるのは頭がおかしくなりそうだ」「その前に爪を剝がされるなんて」「耳に鉄串を差し込まれる音のおぞましさは」「腸を結ばれて」「鼻骨を削り取られる感触」「自分の睾丸の色なんて知りたくない」

武器を振るう時は命乞いをするという縛りは生きている。脅迫にしか聞こえないが、なるほど、命乞いのセリフは『する側』が口にすればこうなるらしい。

「涙を流し、命乞いしながらお前らを解体するドワーフたちの完成だ」

「か、解除！　解除だ!!　『解き放たれよ、其は夢幻に過ぎぬ』！」

その言葉が符丁になっているらしい。ドワーフたちの動きがピタリと止まり、ソドムとゴモラは胸をなでおろす。

それを見届けて部屋を後にしながら、俺は去り際にひとつ教えておいた。

「暗示を解けば強制的に足を進まされることはないだろうが……。彼らはお前らに大きな借りがあるんだろう？　進まないかどうかは、また別の問題じゃないか？」

「あ……！」

「借りたら返す。当たり前だな」

「せ、『宣言する』！　貴様らは我らにひざまず」

ソドムの言葉が最後まで聞き取れなかったのは、俺がドアを閉めたせいじゃないと思う。

その後の悲鳴はドアごしにもしっかりと聞こえたから。

「さて地下三階、か。ダンジョンなら序盤も序盤だけど、地下室でこれは改めて広いな」

階段を二度下り、地下三階へ。鉱山へと通じる地下牢区域というから相応に不潔な空間を想像していたが……むしろ地下二階とともに状態はよい。

さらに先にある地下四階からは、かつてダンジョンで血と泥にまみれた床を舐めさせられていた頃を思い出す、そんな臭いが漂っていたが。

「『客』を連れ込むための階層がここまで、ってところか。あとは非常時の備えだろうな」

戦争などで街の重要人物を逃がす際、ここは隠し通路として機能するのだろう。なにせ屯所があるのは街の中心近く。地下を通って町外れの鉱山へ逃げ込めるのは大きな利点だ。

「で、ドワーフが反乱したりすればここから鎮圧できる、と」

言ってみて、合理的すぎて納得できることに自分で呆れる。

万が一にも鉱山のドワーフたちが暴動を起こした時にはどうなるか。便利な輸送路だった地下道は、街の中心部へ直結する侵攻路へと変貌する。それを水際で食い止めるための戦場としても地下四階以下はあるのだろう。

坑道掘りを得意とする鉱人族を手中に収めたからこその芸当だ。キルミージがドワーフをあくまで生かして使っているのは、奴の理念である以上に有用だからなのだろう。

「……ここだ」

めぼしい扉を見つけて切り刻む。

中には栗色くせ毛の少女がひとり鉄のベッドに寝かされ、手足を枷で固定されていた。

粗末な衣服から見える手足は白く、長く日光を浴びていないことが見て取れる。痛々しい縄と傷の跡は白鳳騎士団の尋問によるものか。

「……誰？」

少女はちらとこちらに視線を向けるだけで言葉は少ない。長い監禁で憔悴し、体力も弱っていることだろう。何より心が擦り切れているかもしれない。

ならば最初に伝えるべき情報は、俺が誰の代表として来たかということ。

「狼人族の王、マージ＝シウ。俺自身は人間だけどな」

「……！」

「この宝玉について聞いたことは？」

服の中に隠していた妃石のペンダントを見せる。少なくとも狼人族を知っていたなら、その王の証についても伝え聞いているかもしれない、そう思ったが。

「本物の、証拠は……？」

「ない。シズクを連れてくれば……いや、どちらにしろか」

宝石ひとつ見せたくらいで信用を得るのは難しい。狼人族を連れてきたとして、キルミージに暗示をかけられ操られているのでは、という疑惑は拭えないはずだ。

扉を切り刻んで入ってきたことで、どうやら敵か味方かで揺れているらしい気配は感じるが……。

「……？」

ふと、少女の目が俺の腰をじっと見つめる。その視線がやや左に移るや、鳶色の瞳が小さく見開かれた。

「玉と、刀……！」

「……ああ、そうか」

俺も自分の腰に下げられた重みを思い出す。なぜ忘れていたのだろう。

刀を抜き放ち、その刃紋をわずかな光にかざしてみせた。

「この宝刀はその昔、ドワーフが作ったものだと聞いている」

「狼人族が、健在……？」

「そうだ。借り物だけどな」

宝玉と違い、刀は奪われそうになったらへし折るということができる。少なくとも狼人族ならばそうするに違いない。『刀がここにあること』。それが狼人族が今も存続し、俺を王に戴いていることの何よりの証拠になる。

それを理解してか、少女の目に少しばかりの力が漲った。

「……あの」

「ああ、今すぐ枷を外してやる。治癒スキルもあるから……」

「……く」

よく聞き取れなかった。表情も薄くて読みづらいが、苦痛からくる「早く」か、あるいは同胞を想って「仲間をよろしく」か、その辺りだろうか。

「焼き肉……」

「焼き肉」

焼き肉。すなわち焼いた肉。より正確には鳥獣の肉や内臓にタレや塩などをつけて直火(じかび)で焼きながら食べる料理。

考えてみればかなり長い監禁生活だ。食事だって粗末なものだったことは想像に難くない。よほど腹が減っているのかという俺の思考を読んでか、少女はこくりと頷いた。

「恥を、しのび……」

「ちょっと想像と違ったが、食欲があるのはいいことだ」

「肉……」

思ったよりは大丈夫そうだったので、すぐに枷を外して地上へと跳んだ。

出たのは屯所の裏手、見張りや人気のない通りの死角。このまま焼き肉屋に駆け込むことも考えたが……まずはコエさんたち三人と合流せねばと考えて足を通りに向けた。客をとらせるために最低限の身支度をさせていたというソドムたちの言葉通り、表を歩けないほど目立ちはしないのが幸いした。

「それで、君の名前は？」

「アズラ。鉱人族(ドワーフ)」

迷わず答えてくれた。いくらかの信用は得たと判断して話を進める。

「アズラ、俺の仲間のところに向かうから、一緒についてきてくれ。……こっちだ」

スキルでコエさんたちの気配を見つけてひとまず安心する。さほど距離は遠くないとみて、街の中心と下町を結ぶ大通りへ。途中で右に折れると細い路地に入った。

何度か道を違えながらも気配をたどった先、古い住宅街の一角に、やがて庭に大きな工房(アトリエ)風の建物がある古びた屋敷が見えてきた。

どうやらあそこで三人が待っている、ようなのだが。

「……剣戟(けんげき)？」

戦う音がする。とはいえ助けたばかりの少女はまだ走れないと思い、歩調を合わせて向かうと、到着したところでちょうど音がやんだ。

3. エメスメス邸にて

――さかのぼること、約半鐘（約三十分）。

騎士団を追うマージを見送った――スキル【潜影無為】の効果で見えはしないが――コエたちは、ひとまず拠点となる場所を探していた。

「宿屋はダメだね。何かあった時に騒ぎが大きくなるのはキヌイで実感した」

「しかし、私たちはヴィタ・タマの勝手を知りません。宿屋以外に滞在できる場所があるでしょうか」

「でも、騎士団は襲って来るですよ。騎士じゃなくても誰かが来ます」

そう断言するアンジェリーナにシズクも頷く。

「マージを罠（わな）に嵌（は）めたら、次はボクらだ」

シズクは耳を立てながらぐるりと回りを見渡す。人通りが多く絞りきれないが、この中にきっと騎士団の見張りがいるはず。

こちらが油断すれば首を取りに来る。そう言ってシズクは声を潜めた。

「人目が多ければ尻込みする、なんて殊勝な連中じゃない。だから安全で人気の少ない場所を……」

「なのでこっちです」

「なんと」

すたすたと歩き出したアンジェリーナにコエとシズクが続く。

大通りを北進し、途中で折れて路地に入る。入り組んだ小道を慣れた足取りで抜けた先。

やや古びた家々が並ぶ住宅街にそれはあった。コエの素直な感想はといえば。

「お屋敷ですね」

言葉通り、『屋敷』と聞いて誰もが思い浮かべる大きめの邸宅が建っていた。

変わった特徴を挙げるなら、まずは庭の半分以上を占める工房（アトリエ）風の建物だ。本邸よりも簡素な石造りで窓も少ない。ゲストハウスとも思えない、実用本位の質素な作りをしている。

残りの庭には花壇らしきものが広がってはいる。ただ一切の手入れはされていないようで枯れ草と低木が生い茂り、殺風景な中に冬咲きの赤い花がわずかばかりの彩りを添えていた。少なくともここ数年内に人が暮らしていた様子はない。

「ここを使うです。広さは十分ですし、周りもしけてるから騒ぎも広がりにくいはずです。地下室もありますから万一の時は籠城だってできます。兵糧は二つ向こうの通りにあるパン屋さんで買うです」

「いや、空き家だからって勝手に使っていいの？　それになんでこんな都合のいい家を知ってるのかが気になるんだけど……」

「空き家じゃないです」

　至極当然なシズクの疑問を半分受け流しつつ、アンジェリーナは門に手をかけた。錆びつきツタが絡みついた鉄門がギギ、と重い音を立てて引っかかる。

「あれ、開かない。ふんぬぬぬ……！」

「お手伝いしましょうか」

「いえコエさん、ここはジェリがさっと門を開けて衝撃の事実を言い放つ場面ですので……！」

「衝撃の……？」

「完全に錆びてるじゃないか。アンジェリーナの腕力じゃどうやっても開かないと思うよ。ほら、ボクも押すから」

　シズクが手を添えると、引っかかっていたサビの塊が外れて門が動き出す。同時に傷みきった蝶番がバキ、と不吉な音を立てた。

「あ」

　かくして、アンジェリーナは門ごと庭に倒れ込んだ。

「うちの門……」

「その、ごめん。あとでボクが直して……うちの？」

「あ」

　やらかした、とアンジェリーナの額に一筋の汗が流れる。

　しかし切り替えの早さは美徳とばかりに立ち上がると、神妙な顔を作ったアンジェリーナはコエとシズクを手招きした。

「なんと、ここがジェリの生家です。ようこそ、エメスメス邸へ」

「アンジェリーナってヴィタ・タマ出身だったの？」

「です」

「お邪魔します、でよろしいのでしょうか」

エメスメス家の屋敷は外側こそ荒れ果てていたが、内部はそれなりに整っていた。貴重な資材や機材を守るための術式があるためだと語りながらアンジェリーナは廊下を進む。小さい部屋が多い作りのようで、シズクは一〇部屋まで数えてやめた。

「アンジェリーナの家族は……？」

「いないです。研究のために出かけてそれっきりです」

「研究、というと？」

「ジェリの両親も、いえ、祖父母もその前もそのまた前もですが、みんな錬金術師で研究者でした。二人はここでダンジョンの研究をしてたです。錬金術師はだいたい秘密主義なので、詳しいことはジェリも教えてもらってないですが」

「それはなんとなく想像できるけど……。どうしてついてくる時には言わなかったの？」

「です？」

小首をかしげるアンジェリーナに、シズクは訝（いぶか）しげに尋ねる。

「学術的興味、とか言ってたから。素直に故郷だから案内すると言えばよかったのに」

「秘密主義だからです」

「なるほど」

「冗談です。ちゃんと話しますから、まずはこちらへ」

二階の一角で立ち止まり、ぎぎ、と軋むドアを開くと、そこは小さな客間になっていた。ベッドにテーブル、椅子と簡素ながら最低限のものが揃っている。

「ここ、使ってもらっていいです。聞くところでは、女子が寝間着で集まったら化粧品や色恋沙汰の話をするものだとか。夜になったらやるです」

「あるんだ、そんな文化……。それで、話してくれるの？」

シズクが促すのは当然、ヴィタ・タマが故郷であることを黙っていた件について。アンジェリーナもそれは分かっているとばかりに話しだした。

「それを説明する上で、最初にお二人にお願いがあるです」

「お願い？」

「お二人に【技巧貸与】さんに嘘をついてくれとは言えないです。もしあちらから聞かれたら全て話してくれて構いません。でも聞かれるまでは、これから言うことを内緒にしてほしいです」

「それは、どういう」

「ジェリには、千百年分の記憶があるのです。といっても、ほとんどが研究に関することですが」

「せん……!?」

アンジェリーナは一冊の古びた本を取り出した。

革の表紙に刻まれた表題は、『スキル【煌輝千年樹（センネンジュ）】の概略と継承』。

「全てお話しするです。いつかきっと【技巧貸与（スキル・レンダー）】さんにも打ち明けるですが、先にお二人に」

…………。

………。

……。

「……マスターにとって不利益になるお話でないことは分かりました。口外しないことは構いません」

全て聞き終えて、コエは先にそう返答した。

「ありがとうございます。コエさんがそう言ってくれるなら安心です」

「しかし疑問があります。そういった事情でしたら、マスターにお話になった方がよいのではないでしょうか。きっと協力してくださいます」

「ジェリもそう思うです。【技巧貸与（スキル・レンダー）】さん、目つきが悪いだけでなんだかんだ優しいですから」

「でしたら」

でも、と。アンジェリーナは姿勢を正してコエに向き直る。

「絶対ですか？」

「絶対、といいますと？」

「【技巧貸与(スキル・レンダー)】さんが面倒に思ったり、ジェリのことを嫌ったりしてジェリを追い出す。そうならないと、絶対に、生命(いのち)にかけて言えますか」

「言えます」

微笑(びしょう)での即答だった。

「コエさんのそういうところ、ジェリかっこいいと思うです。ええ、そんな可能性が低いことはジェリも分かってて、でも、それくらいジェリにとっては大切なことなんです。ジェリはあの人に絶対に嫌われたくないいんです」

「……分かりました。私は構いません」

「シズクちゃんは？」

アンジェリーナの問いかけに、シズクはなんでもないように頷(うなず)いた。

「言われるまでもなく、ボクらは他人に他人のことなんていちいちしゃべらない。陰口は狼人(ウェアウルフ)のやることじゃない」

コエとシズクの同意を得て、アンジェリーナはふうと息をついて椅子に腰掛けた。

「助かるです。何しろジェリは内気で口下手なので、もしも三人から問い詰められたら言い逃れできません。お二人が根掘り葉掘り聞いてくれないなら大助かりです」

「内気で口下手？」

「コエさん、さらっと真顔で聞き返すのはやめるです」

「ボクはいろいろ整理しきれてないけど……とりあえず敵襲に備えよう。こうしている間にも騎士団が迫ってるかもしれない」

腰を上げたシズクに、アンジェリーナはこともなげに言った。

「あ、もう来てるですよ？」

「……は!?」

「来てるです敵襲。今、正門前と西側ですね」

「なんだって!?」

慌ててシズクがカーテンを開くと、窓の外は戦場と化していた。通りを埋め尽くさんばかりに押し寄せるのは、差し向けられたと見える暴徒の群れ。何やら叫んでいる者もいるが内容はてんでバラバラだ。おそらく市政や景気に不満のある者が『あの家に諸悪の根源がいる』とでも唆されて集まったのだろう、とアンジェリーナは推察してみせた。その背景を察してシズクがハッとする。

「アンジェリーナ、あいつらを迎撃する時に殺しはご法度だ。いや、怪我（けが）させるのすら不味（まず）いと思う」

「です？」

「あれはあくまで『市井の人々』だ。下手に大怪我させたり、まして殺したりしようものならボクらは名実ともに大罪人。騎士団が大義名分を掲げてボクらや狼人族（ウエアウルフ）の里に乗り込んでくることになる」

「なるほど、そういう目論見（もくろみ）ですか。シズクちゃん、なんか【技巧貸与（スキル・レンダー）】さんと思考が似てきましたね」

「前にも似たような経験があってね。それにしても……」

改めて眼下を見下ろす。戦っている一方はそんな暴徒たち。対するもう一方は『石塀』。

「石塀が戦ってる……？」

「石塀に擬態した『迎撃人形』です。今動いてるのはどれも非殺傷なので安心安全です」

「『迎撃人形』、とは？」

コエの問いに、アンジェリーナはどやぁと胸を張る。

「迎撃と防衛に特化したゴーレムです。ジェリがなんでお二人をここに連れてきたと思うです？　バレなくていいことまでバレるのに。ちっちゃい頃の日記とか置いてあるのに」

「……なぜでしょうか？」

「【技巧貸与（スキル・レンダー）】さんにお二人を任せると言われた以上、一番堅いところで守るべきと思ったからここにいるです」

エメスメス家は代々錬金術師。ならばその住処（すみか）であるエメスメス邸が普通の屋敷であろうはずもない、とアンジェリーナは言い放つ。

「『人形要塞』。それがこの家の通称です」

「人形の、要塞」

「迎撃人形、『忠義なる青年』と『生まれ得ぬ嬰児（えいじ）』が起動済みのようです」

窓の外では今も暴徒とゴーレムとの戦いが続く。

石塀がゴーレムの姿をとって敵勢を押し留（とど）め、かろうじてすり抜けた者どもは地面から生えた腕に足を摑（つか）まれて転倒、全身を陶器の指に絡め取られている。そのまま地獄にでも引きずり込まれていきそうな光景が広がっていた。

「うわ……」

「状況に合わせて『嬰児』から始まる大小十六種類のゴーレムが起動。自動で撃退する仕掛けです。あらゆる攻撃や災害に対応が可能で、それがこの家をぐるりと囲んでいるです」

「でも、ボクらは普通に入ってきたよね？　どうやって敵味方を見分けてるの？」

「エメスメス家の人間が開けた門から入れば大丈夫です。まっすぐ玄関まで来る道は邪魔されない高性能です」

「なるほど、こっそり忍び込む泥棒にも対応できるんだ」

「です。門を開けっ放しにでもしてたら素通りですが」

「……なんと」

この時。自分たちはおそらく同じことに気づいたと、三人全員がそう思った。

「門？」

「門です」

「門ですか」

エメスメス家の者が開けた門を通ったならゴーレムに襲われない。つまり門が閉まっている限りは安全ということだ。

閉まっている限りは。

「門、壊したよね」

「です」

「その場合ですとどうなるのでしょうか？」

「方法はどうあれジェリが開けた門ですからね」

一斉に窓へと駆け寄って正門側を見やった。

敵は正門側にも押し寄せている。そして突入しようという正門が開いているのだ。飛び込んでしまえば安全だと気づくのに時間はかからない。

まだ動ける者は壊れた門へと殺到し、すでに庭に侵入を開始していた。その様子を眺めてアンジェリーナはうんうんと頷く。

「こんな時に言うべきことを、七代前のご先祖様が遺(のこ)しているです」

「言うべきことって……呪文？　門を通ってきた相手にもゴーレムをけしかけられる符丁があるってこと？」

「『やっちまったぜ！』ですね」

「たしかにこういう時にこそ言うべきだよね、アンジェリーナのご先祖様は正しい。とりあえず下へ下りよう！　正面扉を塞いで迎撃準備を整える！」

「やっちまったから仕方ないです」

部屋を飛び出そうとするシズクとアンジェリーナ。それを、コエは静かに制止した。

「その必要はないようです」

「へ？」

直後、剣で鉄板を叩きつけたような甲高い音がした。続いて何かを引きずる、いや押し戻す音。正面扉前に飛来した黒い影が敵勢を押し留めていた。

「【阿修羅の六腕】、起動。ほら帰れ、もうすぐ晩飯だぞ。おうちへ帰るんだ」

数十人を力ずくで押し返し、外へ。不可視の腕に阻まれた敵勢は何をされているかすら理解できていない。全員を壊れた門の外へ押し出し、門を塞ぐものを探した末、腕の主は落ちていた門を拾い上げて元の場所に突き刺した。

それを見届けてコエは微笑む。

「さあ、夕食の準備をしましょう」

4. アズラ

「コエさん、こっちの肉も焼いてくれ」

「はいマスター」

コエさんたちと合流して無事を確かめ、まずは夕食にしようと準備にかかってしばらく。

アンジェリーナたちの気配を追ってきてたどり着いた先、古く寂れた様子の館は襲撃に遭っていた。なんでも激戦の末に門を破られたとかで、敵勢が中へとなだれ込んでゆくところに俺が鉢合わせたらしい。

「物陰にいてくれ」と言い含めてアズラを隠し、【空間跳躍】で敵勢の前へ。そのまま押し返して門を再建。敵が撤退して今に至る。

新調せねばと思っていたアズラの服も、アンジェリーナに合わせて買えば済んだ。そこまでは順調だったのだ、そこまでは。

「コエさん、こっちの肉も焼いてくれ」

「はいマスター」

「恩義……恩義……」

「タレですね。やはり味つけは複雑怪奇であってこそです」

「塩だよね。肉はそれだけで美味(うま)いんだよ」

さて、鉱人族（ドワーフ）と戦った際、彼らは痛めつけられた体で、錆（さ）びきった斧（おの）で、しかし俺の頸（くび）を一刀両断にしてみせた。普通の人間で同じ筋肉量の者がいてもああはいくまい。ドワーフの肉体そのものが人間とは異なることがよく分かる瞬間だった。

「肉……」

つまり何が言いたいかと言うと、アズラが食べている。もりもりと食べている。

この小さな体には収まるはずのない量の肉が、どういうわけか収まってゆく。ドワーフの消化器官は一体どうなっているというのか、そんな疑問を抱く暇すらない。

「コエさん、こっちの肉もあっちの肉も全部とにかく焼いてくれ」

「はいマスター」

「……【技巧貸与（スキル・レンダー）】さん、ちょっと雰囲気変わったです？」

「これだけ肉を切って焼いてしていれば言動くらい変わる。しかし……美味いなこれは」

「脂の味が山の獣と違います、マスター」

どうやらこの街の食肉は質がよい。鳥獣どちらも新鮮かつ脂のノリが絶妙だ。そんな品が非常に安価に出回っていたので買えるだけ買ってきたが、肉汁したたる焼き肉が積み上げられては消えてゆく。

「この辺の土地はもともと痩せてましして。家畜のフンを肥料にするのが昔ながらのやり方で、それが続くうちに食肉の味も洗練されたと聞いてるです」

アンジェリーナの歴史講釈が入りつつもよい焼き加減のものをめぐる争いも熾烈（しれつ）だ。

「あ、コエさん、それジェリのです」

「……？」

「迷いなく食べたですね」

「名前も書いておりませんでしたから……」

里の者たちは食のことになると性格が変わると思うことが、たまにある。

ともあれ、切って焼いて食べてを延々と繰り返して落ち着いたところで、俺はことの仔細を聞くべくドワーフの少女に尋ねた。

「まずは改めて自己紹介だ。俺はマージ。マージ＝シウ。狼人族の王を務めている。こっちのコエさんは俺の秘書みたいなものと思ってくれ」

「狼人の政務官アサギの娘で、シズク」

「ジェリはアンジェリーナです。錬金術士です。そしてこの家はジェリのです」

「コエ様、シズク様、ジェリ様……コエ様、シズク様、ジェリ様……コエ様、シズク様、ジェリ様……」

ひとりひとりの名前を反芻し、少女は頭を下げた。挨拶で頭を下げる習慣は狼人族と同じ。森の時代の名残か。

「うち、アズラです。どうぞよろしく」

栗色のくせ毛はドワーフの特徴だが、鳶色の目はやや珍しいという。その目がくりくりと俺たちを順に見比べている。

「こんなによくしていただき、まこととまこと」

「な、なんか独特の雰囲気があるね。聞いてたドワーフとこれはこれでちょっと違うというか」

「それで、だ。アズラ、君はどうして騎士団に捕まった？　なぜ狼人族（ウエアウルフ）の里のことを知っている？」

「順をおいおい、説明したく」

「ああ、それでいい」

　この街に来た目的はアズラの救出だ。なぜか狼人族（ウエアウルフ）の里のことを知るドワーフの娘を騎士団から助け出し、調べるために俺たちはやってきた。アズラが何をどこまで知っているのか。なぜ知っているのか。それを確かめなくてはならない。

「まずこの街には、およそ、そうですね。二万三〇〇〇人のドワーフが、暮らしておりまするが。そのうち一割ほどが」

「待ってくれ」

「待ちます」

「二万三〇〇〇人？」

「地下の鉄鉱山と、西の石炭鉱山と、その他大小の鉱山と、合わせてそのくらいかと」

　多い。予想を遥（はる）かに超えて多い。シズクが目をパチパチさせて言葉を失っている。

「シズクちゃん、狼（おおかみ）の隠れ里って何人ですっけ」

「四七、いや、この前生まれた子供で四八人……」

「ざっと四八〇倍です」

「計算のお早い」

「で、でも森にいた頃より多いなんてことある!?」

シズクの訴えも分からなくはないが、不自然というほどじゃない。

「シズク、狼人族はもともと主に狩猟で生きていたんだろう？　そういう民は数が増えにくいんだ」

畑を耕す農耕民族は、狩りを生業とする狩猟民族よりも数が増えやすいと書物で読んだことがある。農業の方が安定して食料を得られるから……ではない。下手な農業よりは狩猟採集の方がよほど食糧事情は安定すると言ってもいい。

農耕民族が増えるのはその方が有利だからだ。

家族が多ければ、より広い畑を耕して自分の家のものにできる。より豊かにより強くなれる。同じことを村単位、国単位、大陸単位で考えるから、結果として今の世界は農耕民族が席巻しているのである。

「ドワーフは鉱山を掘り鉄を売る種族。鉱山を広げていけばそれだけ豊かになる点では農耕に近い。鉱脈さえ大きければ人口が増えてもおかしくないってことだ。……にしても二万三〇〇〇人はどうなんだ」

「人と交易し、富が増すにつれて民も増えましてて」

「ならどうして反攻しないんだ」

単刀直入、シズクが焦れったそうに尋ねる。

狼人族が里に隠れ続けたのは少ないからだ。打って出れば血が絶えるからと、あの狭い里で三代耐え忍んだ。

もしも狼人族が二万人もいたなら少なくともこうはなるまい。

「森でさんざ暴れまわった鉱人族が、どうして騎士にいいように使われてるんだ」

「キルミージという騎士が、おりまして」

「……あの男か」

「あの人間、まこと厄介でして」

紅麟騎士団団長、キルミージ。暗示のユニークスキルを持つ優男。ドワーフの自我を奪って人間のように生活させたり、恐怖の暗示を与えて戦力の駒としているこの街の有力者だ。あれがドワーフを縛る枷となっているらしい。

だから奴を倒してくれ……という話かと思いきや。

アズラの話は、予想外の方向へと飛び出した。

「鉱山の地下にある、おそらく超S級のダンジョン『紅奢の黄金郷』。あの人間に知られる前に、消し去らねばなりませんで」

聞き慣れない単語に思わず反芻した。

「超、S級ダンジョンか。穏やかじゃない話だが、アズラが狼人族の里を目指したのもそのためか」

「かつて森でともに暮らした狼人族。彼らがもし健在なれば助力を願えと老人たちに言われて這い出した次第。攻略成功の暁には我ら二万三〇〇〇人、マージ様の膝下につきまして」

「それを俺たちに伝えるために、一人で狼人族の里を目指していたと?」

「左様でして。さまよい歩くうちに囚われの身に……。持ち物で、狼人族の里を目指していたことは知られてしまいました」

「ダンジョンのことは?」

「今はまだ、ドワーフしか『紅奢の黄金郷』を知りません。人間たちに知られれば、きっとドワーフたちは、ええ、尖兵にされます」

「たしかにドワーフは屈強で地下に強い。ダンジョンになだれ込ませるにはうってつけだ」

ある地域では奴隷をダンジョンに投げ込んで観察し、その死に方を見て対策を立てるようなことをしていたという。

効率だけを考えれば実に合理的なやり方だ。ダンジョンは何が起こるか分からないからこそ危険なのであり、実際に人間を放り込んでみるに勝る検証方法はない。かつてアルトラたちが俺を『王』の部屋に放り込んだ理由のひとつもそこにあるのだろう。

「そうしてドワーフはダンジョンで死にまして、滅びます。それを防がねばと、いかな尋問拷問にも口を割らず今日まで……」

違和感があった。アズラの話の内容にではない。その姿勢にだ。

シズクが言っていたドワーフの粗暴さとの食い違いもそうだし、地下で出会ったチュナルたちもそうだった。何かがおかしい。それを最も強く感じているらしいシズクが声を上げた。

「だからなんで戦わないんだ！　地下ならむしろドワーフの独壇場だろう！　鉱山とダンジョンを要塞代わりにして二万三〇〇〇人で抵抗すれば！」

「そう申されましても、ドワーフは書を愛する文明の徒でして」

「なん、なんだよ……。まるで牙を抜かれた獣じゃないか……！」

「皆で焼き肉を食べることだけが望みです」

まるで手応えのない受け答えにシズクが戸惑っている。彼女の知る鉱人族（ドワーフ）との差はあまりにも大きい。人間に支配され、抵抗する意思すら失ったように見えるのだから無理もあるまい。

「アズラ、ちょっとこっちを向くんだ」

だが俺には心当たりがあった。

小首をかしげるアズラの肩に手を添え、こちらを向かせ言葉をかける。目をしっかりと見て、噛（か）んで含めるように。アズラの鳶色の瞳がじっとこちらを見つめ返してくる。

「はれ、これほど黒い瞳はお珍しく」

「よく聞け、アズラ。よく、聞くんだ」

「はい、聞きます」

「『宣言する』」

ビクリ、と。アズラの身体が小さく震えた。

反応ありだ。これはキルミージが暗示をかけた相手に、別の人間が追加で命令を出す時の符丁。よもやと思ったが、まさか。

「ドワーフのアズラは今から猫になる。自由気ままでわがまま勝手、日がな一日遊んで食べて寝ているだけの飼い猫だ」

「ま、マージ？　何言って……」

「にゃあ」

シズクが何か言う前に、アズラが高い声で鳴いた。

「にゃあん。にゃおにゃお」

「アズラ？　あ、ちょっ、尻尾にじゃれるな！　しっしっ！」

「ごろごろごろごろ」

猫じゃらしか何かと思ったのだろうか、シズクの尻尾にまとわりつくアズラ。かと思えば急に飽きたように壁際へ行って石壁をひっかき始める。

アズラも見かけは小柄な少女。栗色のくせ毛が映える異国の人形のように可憐な風貌だ。それがにゃあにゃあと鳴いてまわる様は、これが宴会の席ならば可愛い芸と見えなくもな

かろうが。

「【技巧貸与(スキル・レンダー)】さん、これって演技……じゃないですよね」

「ああ」

なんの前振りもなく猫だと言われて、ここまでなりきれる者もそういまい。アズラが付き合う理由だってない。となれば理由はひとつ。

「『解き放たれよ、其(そ)は汝(なんじ)が見た夢幻に過ぎぬ』」

「にゃあんにゃあん……はれ？　皆様、うちがどうかしまして？」

不意に正気に戻り、何も覚えていない様子のアズラ。

コエさんたち三人も言葉を失っている。だが俺は知っている。事態は思ったよりも悪い。

「……アズラ、君の話は何ひとつ信用できなくなった」

「マージ様、それは一体」

もっと早く気がつくべきだった。暗示というのは普通、かけられた側は気づかないものなのだ。右腕が勝手に動くなんてものは派手な見世物(パフォーマンス)にすぎない。

アンジェリーナがベルマンを偽薬で治した時だって、ベルマンは暗示にかけられている自覚なんてなかったのだから。

「君はまだ、キルミージの暗示の中にいる」

「……!!」

「キルミージの暗示はその場で何かさせるだけじゃないんだ。いつでも自分の言うことを聞くようにする、そういう暗示も使えるのは地下で見た。しかもアズラは自分が何をしたかは覚えていられない」

「それって、どうなる？」

「アズラちゃんが騎士団に隠し事できてなかったってことですね。俗にいうところの筒抜けです。ダダ漏れともいいます」

　少なくともキルミージはダンジョン『紅奢の黄金郷』を知っていると思った方がいい。いや、そもそもそんなダンジョンが存在しているのかすら怪しい。ダンジョンの記憶自体がキルミージの植え付けた偽りという可能性すら否定しきれない。

「『紅奢の黄金郷』はありまする」

「行けば分かることだ」

「だね」

「です」

　別に否定しているわけじゃない。狼の隠れ里の『蒼のさいはて』だって人間に知られることなく存在し続けた秘境だった。そういう場所がまだ他にあってもおかしくない。

　実際に行って見てくれば全てはっきりする。

「しかしマスター、敵もダンジョンを知ったのなら待ち構えているのではありませんか？ドワーフの皆様も多数人質にとられるやもしれません」

「その可能性はある。ただ、全力でということはないはずだよ」

「と、いいますと？」

「ソドムとゴモラの話はさっきしたろう？」

そもそも俺がドワーフに違和感を抱いたのはアズラが最初じゃない。地下でチュナルという青年ドワーフたちと戦った時だ。

彼らは暗示が解けると、自分たちを操っていたソドムとゴモラに反撃したが……。

「殺していなかった。アズラを助けた後、俺はチュナルの右腕を治療するために様子を見に戻ったんだ。するとドワーフたちはソドムとゴモラを痛めつけはしても殺さず、そのまま地下に逃げた」

それが違和感の始まりだった。今にして思えば、彼らも殺すことができないように暗示をかけられていたのかもしれない。

「じゃあ、ソドムたちは【技巧貸与（スキル・レンダー）】さんがどうにかしたです？」

「ああ、といっても殺したわけじゃない。ちょっとした置き土産をしてきたんだ」

「お土産は大事です。して、どんな」

「【熾（し）天使の恩恵】はゼロから人間を一人作れるほどのスキルだ。なら、ボロボロの人間を治療がてら『加工』することも、あるいはできるんじゃないかと思ってね」

人間の骨の形を変え、肉の姿を練り直す。あとは喉を弄（いじ）って口をきけないようにしておけば全くの別人に仕立て上げられる。

「これで時間は稼げるだろう。今のうちにこちらも準備を進めるが……。ひとまず、今日はみんなも疲れたな。アンジェリーナの厚意にあずかって休むとしよう」

「はい、マスター」

「【技巧貸与(スキル・レンダー)】さんは当主の部屋を使ってください。どうせ誰もいないので！」

騎士団は正義を名乗る組織だ。ならば敵対する俺たちは悪党で間違いあるまい。

悪党ならば悪党らしく道を外れたやり方をとらせてもらう。誰にともなくそう呟(つぶや)き、俺はアンジェリーナに案内を頼んだ。

5.【騎士団側】正しい努力

——騎士団屯所。

「マージ＝シウが二人いる、と？」

「は、はい団長。屋敷を襲撃した者たちが、マージらしき男を見たと報告を」

「マージ＝シウは娘の奪還に失敗し、ドワーフ忠国隊だった者たちと地下へ逃れたはずでは……？」

「そのはず、なのですが」

キルミージは小さく眉間に皺を寄せる。

彼が受けた報告によれば、マージは娘の奪還に失敗している。ソドムとゴモラを倒すも深手を負い、ドワーフたちの手を借りて地下鉱山へ逃れた、と。現場にいた騎士は全員が失神していたため状況からの推理ではあるが、地下でマージの姿を目撃した者が多数いるのだから間違いない。

「しかし、それとほぼ同時刻に地上でも目撃証言があるのです」

「情報をかく乱する作戦でしょう。ソドムとゴモラは？」

「まだ意識が戻りません。医師が『まるで別人のようだ』と言うほどの重傷で」

「ふむ、現場指揮官は不足中ですか」

「いかがしましょう」

指示を待つ部下に、キルミージは端的に伝える。

「地下へ向かう準備に注力しなさい」

「地下、ですか？　マージは瞬時に遠くへ跳ぶスキルを持っているとの情報があります。地上へ移動した後ということも……」

「ならば娘を連れずに逃げ帰るなどありえません。例の娘……アズラはまだ地下にいるのでしょう？」

「は、確認済みです。『客』も予約通りにとらせております」

「でしたら地上のマージが偽物です。我々の戦力を分散させ、地下に潜るのを遅らせるための偽装とみます。構わずに……む？」

部下を手で制止し、キルミージは正面に目を向けた。歩いてくるのはやたらと恰幅のよい中年男。「『地下』の客です」という部下の耳打ちにキルミージは型どおりの挨拶を交わした。

晴れ晴れとした顔の男はといえば、実に上機嫌といった様子で顔を扇いでいる。

「いやはや、なかなかのものですな。締まりが違う締まりが」

「お気に召されたなら何よりです」

「ただ静かすぎるのも考えようだ。涙は流すが声を上げげんのでは張り合いがない」

「声すら？　それは妙な……。いえ、ご意見に感謝致します」

「なんでも身体が小さすぎて誰も『使う』ことができなかったとか。もしも使えたなら、何がとは申さぬが短小と噂されるとあって客足が途絶えたそうですが」

「ええ」

「狭いのなら広げればよいのだ。ドワーフだろうと肉は肉、工具でもなんでも使えばどうとでもなるのだ、ははは」

「それはそれは」

「次は派手に泣き叫ぶ亜人を頼むぞ、団長どの」

キルミージの肩をポンポンと叩いて去る客の背中を見送り、キルミージは肩を布で拭った。階段を下りながら部下は悪態をついている。

「吐き気をもよおす金持ちではありませんか、キルミージ団長」

「この街の中央に居を構える有力者です。滅多なことを言うものではありません」

あくまで冷静に言うキルミージだが、若い部下は「しかし」と食い下がる。地下の客とはつまり捕虜を『使う』者たち。そんな人間への軽蔑が表情に表れている。

「ドワーフとなど……！　ヒトが豚と交わるようなものではありませんか！　あまりに、あまりに道を外れています！」

「豚かどうかは本人次第です。よいですか、人と獣を分けるのは『正しい努力』ができるか否か。己をより知的に、より文化的に、より高尚に研鑽することが人を人たらしめるのです。それができるのならばドワーフであろうと『ヒト』と呼ぶべきでしょう」

「そのようなドワーフがいるのですか？」

「今のところはいません」

だから先例として、正しい努力をできるよう暗示したドワーフを街に住まわせている。

そう説明するが部下は釈然としない顔をしている。

「豚に人間の真似をさせたところで、豚は豚です」

「君もいずれ分かります。話を戻しますが、アズラからは必要な情報は【偽薬師の金匙】にて全て取り出し済み。あとは資金源として休ませず利用しなさい」

「承知しました。豚をその、客をとらせるために飼うことを禁じる法はないわけですしね。理解には苦しみますが」

客のことなどすぐに忘れ、キルミージはマージ捕縛のため地下へと向かう段取りを進める。それから五日ほどして、キルミージの元にまた報告が入った。

「ソドム隊長、ゴモラ隊長が会話できるまで回復したとのことです！」

「それは何より。証言の調書は？」

「それが、何やら錯乱しておりまして」

「説明を」

「『自分たちはソドムとゴモラではない』と二人揃って言っているようなのです」

「なんですって？」

「当人ではなく部下の名を名乗っているのですが、外見も声も明らかにソドム隊長とゴモラ隊長そのもので……」

「……マージ＝シウが襲撃した日、地下から救出された騎士は一二名でしたね？」

「はい、ソドム隊長とゴモラ隊長を含め、一二名です」

「含めて？　私の記憶では、隊長二人を合わせればあの場にいた騎士は一四名です。二名足りない」

よからぬものを感じ、キルミージは地下へ向かった。

地下三階の扉を開く。どこか生臭い熱の残る部屋にはドワーフの娘、アズラが変わらず縛り付けられていた。

全身に血混じりの液体をこびりつかせて脱力した様子の娘は、しかしキルミージを見るなり期待とも怯(おび)えともつかない目つきに変わった。それには構わずキルミージは右手を翳(かざ)す。

「【偽薬師の金匙】、起動。ドワーフの娘アズラは、五日前の正午以降に見聞きしたことを偽りなく全て話さずにはいられない」

「……、……！」

「む？」

「……！……、……！…………！！」

「元々口数の少ないドワーフではありましたが、これは」

口は動かしているが声が出ていない。暗示スキルを前に演技やごまかしが効かないのはキルミージが一番よく知っている。いよいよしてやられたことを予感しつつ、キルミージは外に待つ部下に声をかけた。

「喉を潰されているようです。誰か、書くものを持ってきてください」

ペンと板切れが鉄のベッドへ持ち込まれた。右手は爪を剝がされていたため左手の拘束が外され、改めて同じ質問がなされる。利き手ではないためかたどたどしく進まない。

それでも異常は明らかであった。

『キルミージ団長より侵入者の連絡あり。部下を率いて地下一階にて待ち構え、弩弓の一斉射により視認。次いで……』

「団長、これは！」

「アズラの記憶ではありません！」

板に書き出された文字を目で追いながら、キルミージは思わずギリリと歯を鳴らす。

「やられた」という言葉を口に出しかけて吞み込んだ。

「……マージ＝シウ。外道の極みめ」

行動記録を省略させる。マージとの会敵から一気に飛ばし、全ての結果として

『マージに身体を作り変えられた』

と記されていた。言葉で真実を伝えられぬよう、喉だけは潰された、とも。

「貴方はどちらですか。ソドム隊長かゴモラ隊長か」

『ゴモラ』

「ソドム隊長は？」

『分からない。気がついたら自分だけがここにいた』

　板の記述に部下たちも浮足立つ。自分たちがとんだ勘違いをしていたという認識が広まってゆく。

「もしや、ドワーフに連れられて鉱山へ向かった方のマージ＝シウが……！」

「そちらがソドム隊長だとするならば、報告にあった地上のマージ＝シウが本物ということに！」

　言われるまでもないと、キルミージは踵を返した。部屋を後にしながら手早く部下に指示を飛ばす。その目には怒りと、しかしいくらかの余裕が浮かんでいる。

「知恵比べのつもりか、狼人族の王【技巧貸与】。貴様に勝算などあると思ってはいないでしょうね」

　と、背後でガタガタと音がしてキルミージは振り返った。ベッドに拘束されたままのゴモラが必死の形相で板に書き付けている。

『助けてください。ここから出してください』

「ゴモラ隊長、新たな任を命じます」

「……？」

「本物のアズラが確保される、あるいは肉体が元の姿になるまで、そこでアズラとして振る舞いなさい」

「……!?」

「努力が足りないから亜人の長ごときに遅れを取ったのです。向こう数日をアズラとして過ごし、自らの不徳を胸に刻む時間とします。ああ、心配はいりません。貴方の顔に変えられた騎士も元に戻る兆候が出始めたと言いますし、しばらく経てばあなたも元通りの姿に戻ることでしょう」

「……、……!……ッ!!」

ゴモラが声なき声で何かを訴える中、脇で聞いていた騎士が生真面目に敬礼した。

「団長、『客』はいかがしましょうか!」

「呼ばなくては資金が不足します」

「……!!!」

「『客』の相手も職務のうちと心得るように。安心なさい、貴方の顔をした部下がいますから、顔見せ程度の職務であれば穴は空きません」

「……ッ!ッッ!?……ッ!!」

鉄の扉がギイと軋みを上げて閉じられた。

閉まり際、マージ＝シウへの呪詛が聞こえた気がして一度振り向いたキルミージだったが……。ゴモラがそんな高等なスキルなど持っておらず、そもそも声など出せないことを思い出し、そのまま立ち去った。

「二小隊で地下を捜索させなさい。ソドムが偽物なら、暗示で殺されないがゆえに情報を漏らしている可能性があります」

「承知しました！」

翌日、ソドムらしきものが坑道内で発見されたとの報告が入った。生命に別状はないが意識はなく、ドワーフに与えられているものと同じ食事を口からこぼしていたという。

マージと同じ顔だったと思しき形跡がある、とキルミージが受け取った報告書には記載されていた。それを帳簿にしまい込み、椅子に深く腰掛けて息を漏らす。

「私が一杯食わされるとは……」

珍しい様子に部下も戸惑っているのが見て取れた。

「団長、これからどのように……？」

「どうもしません。マージはこちらに楔を打ち込んだつもりでいるのでしょうが……。それはお互い様ということです」

「と、申しますと？」

「奴もまだ気づいていないことがある、ということです。例えば……」

そこで言葉を切り、キルミージは空に目を向けた。彼を祝福するかのように青い空が広がっている。

「救い出したつもりでいる娘が、未だ私の暗示の中だということには考えが及ぶまい――！」

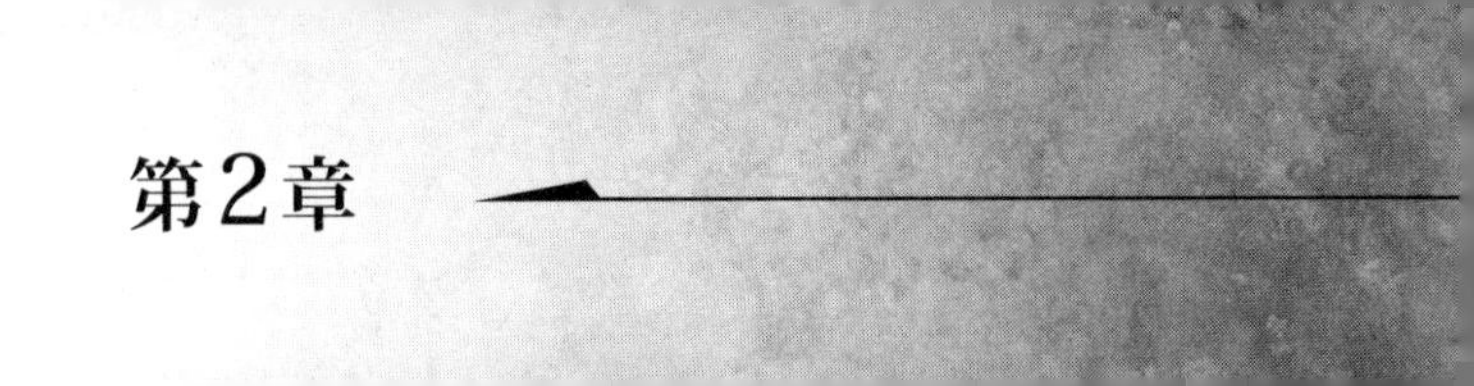
第2章

1. 紅奢の黄金郷

「おや、ジェリちゃんじゃないの。おっすおっす」

「パン屋のおねーちゃん、おっすおっすです」

アンジェリーナがよく分からない挨拶を交わして右手を上げる。あの三十歳前後と見える金髪の女性は、屋敷から二本先の通りにあるパン屋の主人。アンジェリーナとは幼い頃から見知った仲だという。

「やあねえジェリちゃん、もうお姉ちゃんって歳じゃないのよ」

「おばちゃん、おっすおっすです」

「パン窯にブチ込まれたいかい」

「いいですか後ろのお二人、これが辞書にも載ってる『理不尽』の意味です。『社交辞令』で引いてもここに誘導されます」

「目立つことは避けようよ、アンジェリーナ……」

「人間さんは不思議でして」

アズラ奪還から五日が経った。長く監禁されていたアズラの体力回復に時間を要するとみていたところ、肉を食べさせていたら三日で完全回復してしまった。ドワーフがそういう種族なのかアズラが頭抜けているのか……。それは分からないが、予定を繰り上げてダンジョン攻略に向けて準備の詰めに入っているところだ。

そうこうしているうちに食料が尽きたため、親子連れに変装して買い出しにきて今に至る。手配書が出回っている様子がないのは幸いか。騎士団としては街に不安分子がいることを喧伝（けんでん）したくもないのだろう。

「で、いつ帰ってきたの。言ってくれればモカカ茶のパン焼いたのに」

「急用だったです。ちょっと世界を救いに行くのでパンください」

「はっはっは、そりゃいっぱい持っていかないとねぇ」

世界を救う。アズラの言う超S級ダンジョンというのが本当なら、あながち冗談とも言えないのが厄介なところだ。

「超S級、か」

騎士団の差し向ける攻撃は二日目以降ゆるやかになってゆき、六日経った今ではゴロツキがたまに現れる程度だ。嵐の前の静けさといったところだろうが、向こうもダンジョン探索の準備に注力していることは間違いあるまい。

俺が打った『偽物のソドムとゴモラ』という布石がまだ生きているうちは、本気でエメスメス邸へ攻めてくることはないだろう。

「しかしマスター、なんで騎士団がダンジョンを攻略するのでしょう。彼らは亜人狩りを目的とした組織のはずですが」

「場所と利権の問題なんだと思う」

「場所と利権、ですか」

「アズラの言うことが本当なら、ダンジョンがあるのはドワーフたちが掘った鉱山の奥だ。そこにギルドや軍を入れると騎士団が持ってる利権を削り取られることになる」

「だから内々で処理し、ダンジョンも含めて手中に収めようと？」

「たぶんね」

そのためにドワーフも使い潰す気でいる。実に合理的だが見習いたくない精神だ。

そんな話をしていたら、アンジェリーナたちがパンの包みを抱えて戻ってきた。何事もなく買えたようでほっとする。

「おば……おねーちゃんが日持ちのするやつ包んでくれました。ガッチガチに硬いやつです」

「助かるな。いくつスキルがあっても飯がないんじゃダンジョン攻略はできない」

「おコメも欲しいですが売ってないので諦めます。では早いとこ帰るです」

「……うん？」

用事も済んだし帰ろうというところになって、不意に肩を叩かれた。振り向くと先ほどの店主の女性が物陰に下がって手招きしている。

「悪いみんな、先に帰っていてくれ。好物のパンがあったから買ってくる」

コエさんは残っているが問題はないと見て店主に話しかける。引き止めて悪いねと型通りの謝罪をした後、パン屋は声をひそめて言った。

「あんた、もうここに来ちゃいけないよ」

「……コエさん、パンを選ぶフリをして時間をもたせて」

「はい、マスター」

剣呑。穏やかでない様子だが心当たりは当然にある。市井むけの手配書でも回されていたか。

「それはないよ。でもあそことあそこ、見えるかい」

「【心眼駆動】【斥候の直感】、起動」

視線を向けると怪しまれる。そう踏んでスキルで視界の外へ目をやると、鉱人族——ヒゲを剃り、都会風の服を着た方だ——が二人。一人はベンチで読書に耽り、もう一人は荷運びの仕事をしている。

その目はちらちらとこちらを観察していた。

「このところ、ああいう探るような目つきのドワーフが街に出てきててね。おとなしいし紳士的なのはいいんだけど何考えてるのか分からないのよ」

「ああ、俺も何人か見かけた」

「あの二人は、あんたたちが屋敷に入ってから急に見かけるようになったんだ。店に来てからもあんたたちをずっと見てる。気をつけた方がいいよ」

「分かった、もう来ない。貴女も気をつけてくれ」

「事情は分からないけどね、この街で妙なことが起きてる気がしてならないよ。あんたも気をつけなさい」

「……助けてくれるのは、アンジェリーナのため？」

「ま、腐れ縁みたいなものさね。あの子もなかなか難儀な家の生まれだから、一人でご飯食べてることが多くてね。気まぐれに声をかけたのが運の尽きさ」

くれぐれも頼むよと念を押され、餞別（せんべつ）にやたら硬いパンを渡されて店を後にした。年単位で日持ちするこの地域の保存食だという。

「マスター、ご用は？」

「ああ、済んだよ」

これ以上ここにいては、アンジェリーナの周囲にも迷惑がかかる。それがはっきりしただけでも収穫だった。もとよりキルミージが攻略に乗り出せば多くのドワーフが捨て駒にされるのだ。ゆっくり構えるつもりなどない。

「攻略すべきダンジョンだと、改めて分かったさ」

――翌日。

「ここより坑道にございます」

アズラの体力回復を待つつもりでいた地下入りが思いのほか早まり、俺たちはアズラの案内で坑道の入口にいた。正規の入口は当然騎士団の監視があるため使えない。曰く、これは人間と暮らし始める前、鉱山を最初に開いた頃の出入口だという。

「ここはドワーフしか知りませんので」

キルミージも、よもや全部の出入口を聞くことはしていまい。そう判断して全員で中に踏み込む。

寒風の吹く地上から一転して気温は高い。鉄鉱山だというトンネルをアズラの先導で進みながら、シズクは周囲への警戒を続けている。

「曖昧な言い方をしても得はない。ボクはアズラの言葉を疑っている」

「『紅奢の黄金郷』はあります……」

「信頼はするけど信用はできないんだ」

彼女がまだキルミージの暗示の中にいることは確実だ。

自覚なく虚言を口にしている可能性も、罠へ誘導されている可能性もある。今のアズラは敵か味方かにかかわらず危険を孕んだ存在なのだ。

彼女自身も理解はしているのだろう、消沈したアズラの頭をアンジェリーナが撫でている。

「確かめるまで断言はできないですが、おそらくダンジョンは本当です。それも特大のやつです」

「アンジェリーナがそう考える根拠は？」

「一個目に、そのキルミージさんだってバレバレすぎる暗示はかけないはずだからです」

コエさんが頭をぶつけて「はう」と声を上げた柱を、身長差で楽々とくぐりながらアンジェリーナは言葉を続ける。あとに続くシズクも屈みもせずにすり抜けた。

「ダンジョンが嘘だと暗示がバレるってこと？」

「アズラちゃんはダンジョンを見つけたから里を探しに出た。そこからごまかしてしまうと、もう何から何まで作り話です。辻褄合わせがとんでもないことになるです」

「じゃあ、二個目の根拠は？」

「カンです。ジェリのカンでジェリカンです」

「学者のカンほど恐ろしいものはない」

ものの道理を分かっていない人間のカンはただの願望か当てずっぽうだ。逆に言えば、世の理を知っている人間のカンはどこかで真理に通じている。やたら言い切った顔をしている天才錬金術師のカンであれば侮れない。

「こちらへー」

アズラに導かれ、坑道を進む。掘り尽くしたというだけあって中はとてつもなく広い。睡眠や食事をとりつつ注意深く進んでゆく。

坑道自体は古いもの、というのは事実のようで見かけるドワーフは少数だ。人間は一人もいない。

そんなドワーフたちの態度は、どういうわけか好意的だった。薄暗い中を泥にまみれて進む覚悟はしていたが、道は照らされて泥や石は取り除かれている。

俺が狼人族(ウエアウルフ)の王と伝わっているにしては早すぎる。何か別に理由がありそうだと考えていたら、アズラが不意に足を止めた。

「ここです」

「……ただの行き止まりじゃないの？」

シズクがぺたぺたと壁に触れてつぶやいた通り、アズラに案内された先はただの岩壁だった。捨て置かれている資材から鉱脈が尽きて掘り止められた箇所だと分かる。

コエさんとアンジェリーナも壁に触れてほぼ同じ反応を見せている。

「何かの偽装、でしょうか」

「ないですね。これ五歩先まで岩です」

「アンジェリーナのカンだと、ダンジョンがあるんじゃなかったの？」

「カンですし」

やはり暗示にかけられたアズラの見た幻だったのか、と誰もが思いかけた時。

背後に人の気配が増した。数人が駆け寄ってくる。

「お嬢!!」

「チュナル」

「遅れて申し訳ございません！　よくぞご無事で！」

「マージ様、ご紹介を。付き人のチュナルです」

チュナル。その名前と顔には覚えがある。

地下で騎士団に『ドワーフ忠国隊』と名付けられ、俺にけしかけられたドワーフたち。その中にいた青年だ。切り落とされた右腕を治療するために戻った時、アズラのことをくれぐれも頼むと何度も言われたから印象に残っている。

「付き人だったのか。道理で」

「しかし付き人って、アズラちゃん何者です？」

「お嬢は始祖とも呼ばれるドワーフの直系で、言うなれば姫です」

「姫」

「ドワーフの」

「そんな大層なものではありませんで」

「……そういうことか」

アズラは俺の腰の刀を見て、ひと目で始祖が作ったものだと見抜いた。よくよく考えればおかしな話だ。苦境にあるドワーフ全員が百年以上昔の記録を共有して生きているなんて、そんなことがあるだろうか。もっと今を生きるために重要な情報がいくらでもあるだろうに。

だがそれも、始祖の子孫として継承されていたとすれば辻褄は合う。ここまでの道がああも整えられていたのもこのためだろう。

「お嬢ならこちらから地下に来られるはずと考え、支度しておりました！」

「では、次にやることも分かりますね」

「ええ！」

「ではマージ様をお待たせしてはいけません」

ドワーフたちが一斉にツルハシを取り出した。

「掘ります！」

言うが早いかドワーフたちがツルハシを岩壁に突き立てた。まるでチーズでも削るようにガシガシと掘り進んでゆく。その迫力に圧倒されつつも、アンジェリーナは疑いの目を変えていない。

「いくら掘っても岩です。少なくとも五歩先まで岩なのは【泥土(ディド)の嬰児(ミドリゴ)】の力で分かるです」

「ドワーフにとって『壁』というのは厚さ一〇歩からでして」

「……です？」

「偽装のために七〇歩ぶん埋めました」

「七〇歩」

それは偽装ではなく封印というのではないか、そうシズクが指摘する間もなく。

穴の先から光が漏れ出した。

「抜けました！」

「……黄金色？」

シズクの【装纏牙狼（ソウテンガロウ）】が発する光とはまた違う。黄金のような色ではなく、黄金そのもの。強烈な金と赤の光が穴の向こうから溢（あふ）れ出している。

「黄金、郷……」

黄金の壁、融（と）けた純金の川。それらが放つ目も眩むばかりの光、光、光。

ただただ輝きに満ちた空間が広がっていた。

2. ロード・エメスメス

同じ上級ダンジョンでも、『魔の来たる深淵』は暗く冷たい地下宮殿だった。『蒼のさいはて』は大自然の光景が広がる神秘の洞窟だった。

そのどちらともまるで違う。灼熱の炎と、それに鋳溶かされた黄金が川のように流れるこれは。

「ようこそ、鉱人族のダンジョン『紅奢の黄金郷』へ」

こんこんと湧き出す純金の清流など誰が想像しただろう。猛烈な熱気で呼吸すらままならぬ中、ドワーフたちはじっと黄金の川を見つめている。

この世の残り全てと釣り合うばかりの財宝を前に、誰もが一時言葉を失った。

「す、少しだけ……」

「おい、待て！　光に寄るな！　ハエかお前は！」

ドワーフ勢のひとり、途中で加わった若い女ドワーフが思わずといった様子で前に出た。手にした鉄の柄杓をそっと黄金の川に差し入れ、制止の声を振り切って一杯すくい取る。

「あ、あら？」

「下がらねぇか！　輻射だけで焼け死ぬぞ！」

いや、すくい取れていない。柄まで鉄でできた柄杓は川に浸かると同時にどろりと溶け落ち、スプーンほどまで短くなった柄だけが残されている。先端だった部分は形を失いながら赤熱する川の下流へとゆっくり流れていった。

「アンジェリーナ」

「鉄が即座に溶けるほどの高温。どんな火山よりも熱い金のマグマです。生身で踏み込もうもんなら、ジェリたちが今夜の焼き肉になります」

俺も軽く入口をまたいでみるが、一歩踏んだだけで靴底が焦げる音がした。たとえ話でもなんでもなくパン窯の中にいる気分になる。

「無理です。ドワーフさんなら一日くらい動けるかもですが、人間じゃ半鐘（約三十分）で肺が焦げて死にます」

「……ドワーフたちが隠そうとした理由が分かったな」

アンジェリーナが額に汗を伝わせながら頷いた。

これを人間が、騎士団が発見したならどうなるかは想像に難くない。ドワーフたちに陶器の桶を持たせて送り込み、喉と肺が熱気で焼けただれるまで金を汲み出させるだろう。

そうして得た財宝で騎士団はさらに力を強めてゆく。騎士団が強大な権力を持つ国の出来上がりだ。

「国ごと燃え上がって焼き肉ですね」

「焼き肉は食うものであって住むところではないな。騎士団がいずれやってくるのならそこを叩く。キルミージが陣頭指揮をとるならそのまま……」

指示を出す俺の背後で、不意にチュナルが叫んだ。

「待て！」

先ほどのドワーフがまたフラフラと黄金の流れに引き寄せられていく。ドワーフは黄金好きと聞いた記憶もあるが、これほどまでか。アンジェリーナも「いくらドワーフでも危険」と目で訴えている。

「【阿修羅(あしゅら)の六腕】、起動」

ダンジョンの入口近くから不可視の腕を伸ばし、ドワーフの首根っこをひっ摑(つか)む。危うく赤熱した金の川に飛び込むところだった。

「呼ばれた、呼んでる……ナ……？」

「どうした？」

「ッ！　マスター！」

摑まえたドワーフが何かつぶやくのが聞こえたと、そう思った直後だった。コエさんのひっ迫した声。咄嗟(とっさ)に振り返ると俺の背後で溶けた黄金が大きくせり上がっている。

速い。

「マス……！」

「ッ、【金剛結界】起動！」

ドワーフに勢いをつけて洞窟の外へと放り出す。

同時、自分とコエさんに防御スキルを展開。ダンジョン側へ身を乗り出してきた彼女を防護して熱気を防ぎ、溶けた黄金を浴びながらもどうにか引き込んだが、そうしているうちに入口はリンゴほどの大きさしか残っていない。

もう【空間跳躍】も間に合わない。何を伝える。誰に伝える。

「アンジェリーナ」

「【技巧貸与(スキル・レンダー)】さん!?」

「シズクとアズラを頼む」

「ちょ、そん……」

アンジェリーナの返事までは通すことなく壁が閉じた。試しに【阿修羅の六腕】で叩いてみてもまるで手応えがない。

「【亜空断裂】、起動。【空間跳躍】、起動。……無理か」

殴れば鉄よりも硬く、切れば水のように軟らかい。金の溶湯がそのまま形を持ったように出入口を塞いでいるという奇妙な状況だ。こんな魔術やスキルは聞いたことがない。

「【金剛結界】の防護で熱気は防げているから、俺のスキルが弱体化しているってわけではなさそう、かな。コエさん、外からはどう見えた?」

「外からは一切の兆候は見られませんでした。マナの流れも全て内側からでしたので、騎士団の策などではなくダンジョンの機能かと」

「入口がいきなり脱出不能の罠(わな)。驚きだ」

『王』や『将』の部屋ならともかく、入口が罠になっているなど前代未聞。『魔の来たる深淵』ですら入口近くは駆け出し冒険者の訓練場になっていたというのに。

この過酷すぎる環境といい目の前の集団といい、あきらかにダンジョンの常識を超えている。

「マスター」

「うん、下がって」

ダンジョン内には魔物がいる。そこはこの黄金郷も例外でないらしい。

早速というべきか、這い出してきたあの魔物は赤銅の大蜥蜴、文献に記された名は確か『サラマンドラ』。赤熱した鱗が保護色になる環境などここくらいのものだろう。

壁や天井すら関係なく張り付いてこちらに牙を剝いている。体長は人間の身の丈の五倍といったところ。既知のものより大きいのはダンジョンの格ゆえか。

S級ダンジョンであっても深層域で出てくる階級の魔物だ。相応に硬い上に動きも俊敏かつ狡猾で、これを一匹一匹切り刻んでいたら時間がいくらあっても足りない。

「以前と同じように？」

「【剛徹甲】には地面がちょっと柔らかい。【阿修羅の六腕】、再起動。金塊を千切り取る」

川べりから金塊を拾い上げ、小片に砕きつつ六腕を振りかぶった。

「【潜影無為】【空間跳躍】、起動。転移先指定、敵集団中央」

腕を振るう。

数が多いなら弾を増やせばいい。俊敏に避けるなら見えない弾で前後左右から襲えばいい。

「【無影弾(ブランダ・バス)】」

金の弾丸を投げると同時、向きも位置もバラバラに転移させた。花火のごとく四方八方に飛び散った破片がサラマンドラに降り注ぐ。ギュギッ、と不細工な弦楽器のような悲鳴が上がり、それもすぐ着弾音に打ち消された。

金の柔らかさゆえに貫きはしない。命中と同時に潰れ、広がり、破壊力を増しながら魔物を壁へと埋め込み圧殺した。後に残った血痕は高温の金に焼かれるように消えてゆく。

「ん……？」

魔物はたしかに倒した。だが様子がおかしい。

壁にめりこんで死んだはずの魔物が動いている。

「マスター、あれは一体」

「いや、違う。魔物じゃない。壁そのものが動いてる」

道が自動生成される型のダンジョンかと身構えるが、動きは迎え入れるように穏やかで危険は感じない。やがてそれまで壁だった部分にひとつの口が開いた。

「通路……。罠、でしょうか」

それまで見えていた通路から左に逸(そ)れるように、もうひとつ黄金の道が現れた。罠にしてはあまりに露骨。むしろ呼ばれているようにすら見える道は奥へとまっすぐ続いている。

「呼ばれる、か」

ドワーフが同じようなことを言っていた。「呼ばれた、呼んでる」と。

それを聞いたせいかは分からない。ただ何か、魔物とも違う気配を感じる。特殊な『王』かとも思ったが……それにしては距離が近い。S級ダンジョンは四十以上の階層を持つ。この規模のダンジョンであれば最深部など、五十層六十層、いや七十層下でもおかしくないはずなのに。

まるですぐそこにいるかのように濃い気配が、結界ごしに肌を刺しながら漂っている。じっと動かずにいた俺を案じてか、コエさんが肩に手を添えてきた。

「マスター、どうかされましたか？」

「先に進もう。中から脱出はできそうにない。外からもアンジェリーナがゴーレムや錬金術で壁を破ろうとはしたはずなのに、こっちには音すら聞こえないんじゃ望みは薄いだろう。ならここで待つより攻略を目指す方が確実だ」

「はい、マスター。それより火傷（やけど）は大丈夫でしょうか。私を優先したばかりにご自身の保護が遅れたのでは……」

「もう治ったよ。ありがとう」

コエさんを伴い歩き出す。

幸い、【金剛結界】を張っている間であれば熱気をある程度まで防いでくれるらしい。

それでもいつまでもつかの保証はない。一刻も早い攻略が必要だ。

「外のシズクたちが騎士団と鉢合わせしていないかも気になる。それに……ここには、何かあるかもしれない。あまりのんびりしない方がいい」

「何か、とは?」

「分からない。ただ異常なんだ」

周囲の気温は進むにつれてますます高まる。これだけの高温なのだ、ドワーフたちが最初にここを掘り当てた時、あるいは先ほど封印をこじ開けた時にとてつもない熱風が吹き出して周囲を焼き尽くしてもおかしくなかった。

だが外へ漏れ出たのはわずかな光だけ。熱気はまったく感じなかった。

「それは、奇妙なのですか」

「コエさん、パン窯を近くで見たことは?」

「ありませんが……?」

パン窯を開けた瞬間で喩えようとして、早速躓いた。なにせ狼の隠れ里では麦の栽培に失敗したことでパン焼きの設備も失われている。麦粉は麺作りに使っているが、そちらの技術再興も急務かもしれない。

機会があれば、アンジェリーナの行きつけのパン屋で見学させてもらうとしよう。

「パンの窯を開ければ、とたんにものすごい熱気が吹き出す。そうなるのが当たり前なんだ。このダンジョンがもしも巨大なパン窯ならさっき全員が焼け死んでいる」

「なんと」

「このダンジョンは『出さない』んだ。俺たちだけじゃない。中のものを外には決して逃さない、それも強大な力は絶対に封じ込める。そんな意図を感じる」

「意図、ということは何者かの意思があると？」

「その答えが奥にあるはずだ」

進むことしばし。時たま襲いくるサラマンドラを撃退しながら通路をゆく。

常に明るいために時間の感覚は希薄だが、二鐘（※約二時間）ほど過ぎたころだろうか。

空気の流れが変わるのを感じて俺は足を止めた。

「ここは……。コエさんは俺の後、三つ数えてから入って」

「はい、マスター」

狭かった視界が不意に開けた。天井が高く広々とした空間、ここまでとは趣が異なる部屋が存在していた。

「『王』の部屋……？」

上級ダンジョンの場合、最奥に待つ『王』までの道中を阻む『将』がいることが多い。

それでも俺がここを『王』の部屋とみたのは、単純にその威容によるものだった。

広間の壁際には見たことのない魔物をかたどった黄金の像が立ち並び、その奥の壁に刻まれた意匠は……太陽と山脈を模したものだろうか。それらの合間を水路のように張り巡らされた黄金の川が、音もなく川面（かわも）を波打たせて部屋中をいっそうに煌（きら）めかせている。

「それにしては扉もないのは不自然だが」

「いえ、マスター。扉はあちらに」

「……ドアの開け方を知らない人が来たのかな」

扉はあった。コエさんの指差す先、部屋の右隅に門扉だったらしい残骸が転がっている。何者かに突き破られた後らしいと理解して、ようやく部屋の中央にあるものに合点がいった。あれは戦いの結果なのだ。

「竜に鎖。封印されている……！」

広間中央にあるのは祭壇状の建築物。金字塔（ピラミッド）と呼ぶのだったか、巨大な階段を上った先にそれはいた。

真紅の竜が、黄金の鎖に縛り付けられた姿で静かに眠っている。

「マスター、これは」

「戦いの跡、と見るのが妥当だろうね」

だが、見れば見るほど奇妙だ。

この竜が部屋の主なのは間違いあるまい。そこに何者かが侵入した。そして戦いを繰り広げた……のは分かる。

なぜ鎖で縛られているのか。ここまで拘束したのならなぜ倒さないのか。分からないことが多すぎる。

「ここで一体何があったのでしょう」

思案する俺たちの頭に、不意に声が響いた。

『誰だい……？』

「竜が、喋った……？」

「いや、音声じゃない」

頭に直接響くような男の声だ。【技巧貸与】を使う時は頭にコエさんの声がするが、あれにどこか似ている気がする。

そんな声が、祭壇の上から届いていた。

『ふむ、君たちは錬金術師じゃない。そうだね？』

「ああ、違う。お前は誰だ？」

『名乗るなら自分からが礼儀だね。僕はロード・エメスメス。つまり、エメスメス家という錬金術師の家系の当主だ』

エメスメス。

エメスメス家当主と言ったか。俺たちが拠点にしたあの屋敷の名と同じ。アンジェリーナの家名だ。

「俺はマージ。こっちはコエさんだ。……もしかして、アンジェリーナを知っているか？アンジェリーナ・エメスメス。錬金術師だ」

『おお、アンジェリーナ！　愛しの娘アンジェリーナ！　その名をまた聞けるとは！』

やはりアンジェリーナの関係者だ。それも娘と言った。

そこから導かれる事実に、コエさんは口元を手で覆う。

「アンジェリーナさんのお父様は、竜だったということでしょうか。マスター、竜から人が生まれることもあるのですね」

「……ないと思うけど、世界は広いからどうだろうか」

コエさんは新たな知識を得て感動しているが、常識的に考えて無理だ。竜といえど魔物は魔物。人間とは生き物としての質が違いすぎる。

それに人と竜だと、こう、物理的にサイズ感が合わないだろう。

『竜と人間が交尾して子をなす。興味深いね。それが不可能かも検証したかったところだけど……そうじゃないんだ。僕はこっち、竜じゃなくてこっちだよ』

こっち、という言葉に意識を引きつけられる感覚がある。その通りに視線を動かした先には黄金の鎖。その先端についた剣状の錐が、意識の中心だった。

『やあ、鎖だよ』

「アンジェリーナさんは人と鎖の子、ということですか……？」

『愉快なお嬢さんだね。大丈夫、あれは僕が「人だった頃」の子だから』

「その姿は、錬金術で自分を変化させたのか」

『そういうこと。理解が早くて助かる。妻と一緒にこのドラゴンと戦ったんだけど、倒しきれなくてね。こうやって縛り付けるので精一杯だったんだ』

「戦ったのか、この大物と」

『いろいろあってね』

苦笑いするように金の鎖がチャリリと鳴る。

タハハ、とそんな苦境を笑えてしまう辺り、アンジェリーナの父親らしいといえばらしいのか。妻、つまりアンジェリーナの母親も一緒だという。

「奥さんはどこに?」

『もう一本の鎖が妻だよ。ただ、あれはもう意識が希薄でね。僕だって言葉を話すのもギリギリで、だから娘を呼び続けた』

「誰かに呼ばれている気がしたのはそういうことか」

『それで、アンジェリーナはどこだい? 大事な話がある』

「ここにはいない。ダンジョンの外で待っている」

『いやいや、そんなはずはないだろう。ダンジョン内に娘が入ってきたのを感知して、しっかり呼びかけたんだから』

「ダンジョン内に……?」

アンジェリーナはダンジョン入口に近づきはしたが、中に入ってはいない。そういえばフラフラと入っていった女ドワーフが何か言っていたような気がする。「呼ばれた、呼ばれる」と。

「……ロード・エメスメス。アンジェリーナを感知したっていうのはどうやって?」

『魔力の波長と、あとは身体(からだ)の大きさや形だね』

「たぶん、近くにいた女ドワーフと間違えたな」

『ドワーフ?』

「ちょうどアンジェリーナのそばにいたのが、黄金につられてダンジョン内に踏み込んだんだ。それに話しかけてしまったんだと思う」

『……こんな時に言うべき言葉を、七代前のご先祖様が遺（のこ）しているんだ』

「それは？」

満を持すように一拍溜（た）めてから一言。

『やっちまったぜ！』

「マスター、この方は本当にアンジェリーナのお父様と思われます。彼女も同じ言葉を伝承しておりましたので」

「そうなのか。……不運ではあったな」

アンジェリーナがそばにいたこと。

アンジェリーナは身長が低く、長身の鉱人族（ドワーフ）とあまり変わらないこと。

それらが重なって間違えてしまったのだろう。

『よく考えたら、僕が知っているアンジェリーナはもう五年以上も前の姿だ。今は十八歳かな？　きっとそちらのコエさんのような、すらりと背の高い美女になっているのだろうね。楽しみだなぁ』

「……まあ、自分で会って確かめてくれ」

教えないのも優しさだと思う。

アンジェリーナとの関係はよく分かった。だが、疑問は多い。まずはなぜアンジェリーナの両親が、こんな場所で鎖として竜を封印しているのかだ。

「それでロード・エメスメス。どうしてこんなところにいる？　なぜ錬金術師がダンジョンの攻略を？」

この問いへの答えは、まったくの即答だった。

『人間全てを救うため』

「人間全てを救うため。……また大きく出たな」

『大げさじゃないよ。詳細は長いから省くけど、僕らエメスメス家はそのために錬金術を究めてきたんだ。千年以上もね』

「千年以上」

『これは僕らの仕事だ。エメスメス家の宿命だ。アンジェリーナもそう、そのために生まれたんだ』

「アンジェリーナも？」

『そうだ。本当は僕らの代で終わらせたかったけれど、残念ながら結果は見ての通り。ありったけのマナでドラゴンを押さえ込むのが精一杯の哀れな鎖さんだ。だからあの子に引き継いでもらわないといけない』

勝手に話を進めてくるが、こちらは全く全体が見えていない。それを聞くまでは軽々に動くことなどできない。

「その前に、ここはいったいなんなんだ。ただのダンジョンにしては奇妙な点が多すぎる」

『そうだね。あまり時間はないけれど、君には知る権利がある』

そう前置きして、鎖はチリリ、と錐を鳴らした。

『ここは、「星の子宮」。その一角にして鉱人族（ドワーフ）の起源だよ』

「星の……？」

星の子宮。初めて聞く言葉だ。

言葉通りに捉えるのならば、何かが生まれる場所ということになる。この灼熱（しゃくねつ）の黄金郷から漂うのは死の匂いばかりだが。

『だろうね。ごく一部の錬金術師だけに伝えられた特別なダンジョンだ。冒険者程度じゃ攻略できない、ね』

冒険者には無理。

元冒険者としてその言葉に引っかかるものはあったが、問いただすべきは今ではないとみて話を進める。

「……だから錬金術師が挑んだと？」

『備えたのさ。人の知恵は有限だ。一人が、一世代がいくら慌てたところで大事を為（な）せはしない。だからエメスメス家は千百年かけて備えた。それだけのことだよ』

ま、ちょっと計算違いはあったけどね、と。

そう、やたら軽薄に語りながら鎖がチリンチリンと鳴っている。

「計算違い？」

『ドワーフが、ここを掘り当ててしまった』

「……そういうことか」

『掘りすぎだよねぇ』

ダンジョンのことをよく知らない者が、政府やギルドを非難する時の常套句（じょうとうく）がある。なぜD級やC級のうちにさっさと攻略してしまわないのか、と。A級やS級まで育ってしまうのは怠慢だからだ、と。

たしかにダンジョンの発見が遅れるうちに成長してしまうことはある。だが無理を言ってはいけない。いくら目を皿のようにして地上を見回したところで、見つからないものは見つからないのだ。

「ダンジョンは地下で生まれるものだからな」

地下で生まれたダンジョンが地上に向かって伸びてゆく。露出してダンジョンとして成立した時点でS級なら、それはもう防ぎようがない。

そうなんだよねぇ、とため息でもつくように鎖が揺れる。

『エメスメス家にもダンジョンの正確な位置までは分からなくてね。いろいろ調べてはいたんだけど、気がついたらドワーフが掘り当てていた。本来ならもう少し準備の時間があるはずだったんだけども』

そうして地上に現れる前のダンジョンが露出してしまい、予定を大幅に繰り上げることになった。それでもできる限りの準備をして挑み、しかし、ここで行き詰まった。

ドワーフの鉱山がたまたまここの真上にあったばかりに。

「……偶然にしてはできすぎてないか？」

『起きてしまったのなら偶然ではなく必然なのさ。ドワーフに土を掘る力を、小さくも逞しい身体を、そしてエンデミックスキルを与えたのはこのダンジョンだ。一度この地を離れてまた戻ってきたのもそうだ。起源たるダンジョンに惹きつけられたからと考えれば合点がいくよね』

「それもよく分からない。鉱人族の起源っていうのは？」

『ああ、そこからか。いいかい、人間や亜人はもともとひとつの種だったんだ。それが各々、別の『星の子宮』から力を受けて変化した。鉱人族も森人族も巨人族もそうだ。原形が人間だったのか、それとも今は失われた別の人種だったのか、そこまでは分からないけどね』

「そんなことに気づいて備えた人間が、千年以上も前に……」

遠大な話に思わず天井を、そして眠る竜を仰ぐ。

上位のダンジョンの中では、ただの石が夜光石に、宝石ならば妃石に変化したりすることがある。それと同じようなことが人間に対して起きてしまうほどのダンジョン。

「深さも広さも桁違いに違いない。まして、それが『魔海嘯』など起こそうものなら」

それはどれほどの規模だというのだろう。

『分かってもらえたかい？　これは君ら冒険者じゃお話にならないレベルの戦いなんだ。

初対面で頼みごとをして悪いけれど、アンジェリーナを呼んできてくれたまえよ』

「……そういうことか」

『どうしたんだい？』

「いや、こっちの話だ。お前さんの娘は本当に優秀だよ」

アンジェリーナが俺を求めた理由は『不可能を探すため』だった。

学術的興味とは言っていたが、このダンジョン攻略に向けた準備の一貫でもあったと考えれば辻褄（つじつま）は合う。不可能なことをひとつひとつ潰しながらエメスメス家は歩んできたのだろう。こんな不条理で過酷な環境で生き抜こうと思ったのなら無理もない。

なんなら俺も戦力として数えていたのかもしれない。

「里に居着いたのも役目のため、か」

「マスター、その」

「どうかした？」

「……いえ、なんでもありません」

『説明はこのくらいでいいかい？』

言うべきことは言ったとみてか、ロード・エメスメスは急（せ）かすように黄金の鎖を鳴らしてきた。

『というわけで、さあどうか娘を呼んできてくれたまえよ。アンジェリーナは自慢の娘だ。きっと僕らがいなくなったあとも、独自に研究と探求を進めているはず。そこに僕らの力が加われば無双の錬金術師になるだろうさ』

「ああ、事情は分かった。アンジェリーナを連れてくることも構わない。入口を開放してもらえるか？」

『助かるよ。入口もすぐ開こう。自分が黄金になることで、このダンジョンの黄金と同期していてね。入口の開け閉めくらいはすぐに……ッ!?』

「どうした？」

『どこかに摑(つか)まれ！　今すぐ！』

ロード・エメスメスが何かに身を固くしたのが分かった。やや遅れた警告の、その直後。

猛烈な風が黄金の間へと吹き込んだ。ただの風ではない。

サラマンドラを巻き込み、黄金を巻き込み、弾丸の雨のようにダンジョンの奥へと流れてゆく、さながらマナの濁流だった。

『な、なんだ!?』

「ッ！　【阿修羅(あしゅら)の六腕】、起動！」

スキル【金剛結界】の重さですら身体が浮きかけた。豪腕のスキルを起動してコエさんを抱きかかえ、残りの腕で床を摑んで耐える。

「ただの風じゃないな」

『ああ、なんだこのべらぼうなマナの密度は！　入口を開いた瞬間に、こんな……！』

「……入口から？」

ならばこの風は外から吹き込んでいることになる。何か、とてつもない魔術かスキルを使う存在が外にいる。

だが外にはアンジェリーナやシズク、ドワーフたちが待っているはずだ。

「アンジェリーナが危ないかもしれない。入口の外で何が起きてるか分かるか？」

『分かるならもう見てる！　ダンジョンの外は管轄外だ！』

ロード・エメスメスも戸惑いを隠せていない。

風に含まれるのはこのダンジョンに満ちる火の力だけじゃない。風、雷、氷……あらゆる力がないまぜになって流れ込んでくる。

原因が外にあることだけは分かっているのだ。とにかく入口まで戻って――。

「フラン……？」

『ふ、フラン！　目を覚ませ！　耐えてくれ！』

ロード・エメスメスが叫んだのは女性の名。おそらく彼の妻、アンジェリーナの母親だ。

ロード・エメスメスと同じく黄金の鎖となり、長い時間の中で意識をほとんど保てなくなったと言っていた。それでも鎖の姿をとり続けていられるのは彼女が優れた錬金術師であったことの証拠だろう。

だが。これだけのマナの嵐に晒(さら)されればどうか。

『ああ、フラン……！』

鎖が、切れた。

引きちぎられたのではない。鉄鎖が錆びて朽ちるように、黄金の鎖がボロリと二つに切れて落ちた。床の黄金とぶつかった甲高い音は嵐の中でも大きく鳴り渡る。

『ぐっ』

残る鎖はロード・エメスメスのみ。

一本では抑えきれないのだろう、縛られた竜が小さくその身体を震わす。やがてそれは大きな鼓動となり、そして。

――ギゥルル。

金属を擦り合わせるような唸り声がする。長い眠りの中にあった朱い竜の目が、ゆっくりと、ゆっくりと開いてゆく。

「外には未知の脅威、目の前には竜、か」

『…………』

「ロード・エメスメス？」

この状況で急に黙りこくった鎖に問いかける。数拍おいて、鎖はまたチリリと鳴った。

『ふーむ、リザイン！』

投了。

チェス遊びで打つ手のなくなった時の言葉。

『なすすべなし。まもなく僕も切れる。その後は君次第だけど、とにかく僕はこれまでだ』

「ずいぶんと諦めがいいんだな。ここまで千年以上かけたんだろう?」

『ここで竜を縛りながら、あらゆる可能性を想定したからね。そしてこれは僕も死ぬケース。もう力も残ってないし、全てご破算だ』

「破産、か」

『まあ心配しなくてしていいよ。なにせ千百年だからね、僕らが失敗してもまだいろんな準備がある。他の家系だって動き出すはずだ。どこかの誰かが攻略してくれるだろうから、君たちはさっさと逃げて全部忘れるといい』

「死ぬのが惜しくはないのか?」

『あんまり。「僕らが死ねばこそ働く準備」だってあるからね。アンジェリーナがきちんと大人になっているのなら何も問題ないさ。それを教えてくれたマージ君たちには感謝してるよありがとう』

翼を広げようとする竜に、ロード・エメスメスの鎖が軋(きし)みを上げる。まもなく切れるというのは間違いではなさそうだ。

「ロード・エメスメス、最後にひとつ聞きたい」

『人生最後の問答だね。いいよ、星のことでも世界のことでも教えてあげよう。秘術は門外不出だけどね』

「なぜ、あと数年待たなかった?」

『あー、そこ聞く?』

「いくらドワーフが掘り当てたといっても、もう数年、アンジェリーナが大人になるくらいは待てたんじゃないか。準備不足を承知で自分たちが乗り込んだのは何故だ」

ごくごく単純な疑問だ。二人より三人の方が強いに決まっている。

夫婦二人に今のアンジェリーナが加われば結果は違ったかもしれない。たった数年、ダンジョンにとっては誤差のような時間を待てばよかっただけなのに。

嵐の中、鎖が引き伸ばされる音だけが響く。思案する間もなくロード・エメスメスは答えた。

『そりゃあ娘にこんなことさせないで済むならね。それに越したことはないじゃないか。実際に掘り当てられたダンジョンを見て「こんな所に娘をやれるか」って思ったもん』

「また非合理的な判断だな」

『そうだね。実際に失敗した。でも、娘に会ったなら君も知っているだろう』

「何をだ？」

それはもう、と鎖が鳴る。

『あの子、可愛いじゃないか！』

「……そうだな。親の死に目に会えないのが気の毒だ」

『アンジェリーナは気にしないから気遣いは無用だよ？　錬金術師ってそういうものさ。僕とフランが異端なんだよ』

個人の望みより家の役目。家族の情より探究心。それが錬金術師だと、ロード・エメスメスはどこか自嘲的に言った。

たしかにアンジェリーナにもそれに通じる部分はある。あるが、それでも彼女にはもっと違う面もあったように思う。

「……マスター。アンジェリーナさんは錬金術師ですが、やはり彼らの娘です」

「コエさん、何か聞いてるのか？」

「やっと聞いてくださいましたね。時間もありませんので、手短にはなりますが」

聞かれたら答えてもいい。それまでは話さないでいてくれ。そう頼まれていたと説明しながら、コエさんはロード・エメスメスの鎖をそっと手にとった。

「『探して、会いたい』。アンジェリーナさんはご両親のことを忘れてはいません。全ては消えたお二人を探すため。そのために学び、旅をし、力を求めてマスターに縋ったのです」

「……そんな理由なら、なんで言ってくれなかったんだ」

「彼女は賢い人です。安易に情に訴えるようなことは致しません。自分を研鑽し、役に立つことを示し、功績を積み重ねてから切り出すつもりだった。そう伺っています」

実に合理的だ。感情的で、合理的だ。

ミシミシと鎖が軋みを上げる。

『なんてこった。参ったな、ちょっと命が惜しくなってきた。死に際になんてことを聞かせてくれるんだ、迷惑な！』

ロード・エメスメスは嘆きとも憤りとも分からないことを口走るが、どうやらもう刻限のようだ。

——ギゥルゥアアアアアアア!!

竜が吠える。大風の中を火と硫黄が舞う。

『何かないのか！　何でもいい、現状を打破する、不可能を覆す、何かは！』

今にも引きちぎられそうな鎖に向かって、しかし俺は手を翳した。

「破産寸前のロード・エメスメス。——融資に興味はあるか？」

『え？　即日即金？』

「もちろんだ」

『さすがに暴利？』

「あいにくトイチだ」

『よし、僕の全てを担保に限度額いっぱいよろしく。自分を鎖に変えるなんて無茶して数年、どっちにしろもう長くない命だからね。娘に一目会ったら終わりでいいよ』

何の説明もしていないのに、一切の無駄がない返答がきた。そこは錬金術師の頭脳がなせる飲み込みの早さか。

【技巧貸与】に命まで取り立てる効果はないがそれはそれ。

「コエさん」

「はい、マスター」

「【技巧貸与(スキル・レンダー)】起動」

【貸与処理を開始します。貸与先と貸与スキルを選んでください】

「ロード・エメスメス、本名は？」

『ロール・オール・エメスメス。あ、そろそろ切れそう。早くして早く』

貸与すべきスキルを選択する。

今の彼に【天使の白翼】など貸しても意味はあるまい。黄金に回復術をかけて穴が塞がったらそれこそ錬金術だ。

硬さを増す【黒曜】は悪くはないが問題の先延ばしでしかない。

「魔力が無限になるスキルでもあればいいんだが、あいにくそういうのはなくてな」

一本しかないから切れそうだ。だから、『数を増やす』。

担保は彼の全てだ。ならば望み通りに。

「限度額いっぱいで貸しつけてやる」

【債務者：ロール・オール・エメスメス　スキル：神刃／三明ノ剣(サンミヨウノツルギ)　が選択されました。全スキルポイントの貸与処理を実行します】

『……なんだこれ、こんな歪(ゆが)んだスキル見たことない』

ユニークスキル【剣聖】の、さらに進化したスキル。ロード・エメスメスは不審そうな声を漏らすが……。

強力さは折り紙付きだ。

「並列処理のスキルでもある。扱えるか？」

『そりゃ扱えるけどね、おかしいよ』

「おかしい？」

『こんなスキルを貸せるってことは、だ。君なら目の前のドラゴンを切り刻めたってことだ。半死体の僕に手を貸す意味がない』

否定はしない。状況が分からなかったから軽々に手出しをしなかっただけで、その気になればロード・エメスメスを無視して竜を倒すこともあるいはできただろう。眠っているとなればなおさらだ。

「ああ、そうだな」

『君はさっき「なぜ、あと数年待たなかった？」と僕に聞いたけど、逆に聞こう。即物的で刹那的な思考しかできないはずの冒険者が、なぜ待った？』

「金貸しが金を貸すのに理由がいるのか？」

『それはそう』

それに。

俺の力は一代限りだ。誰に何を貸しても俺が死ねば無効になる、それがこの【技巧貸与(スキル・レンダー)】というスキル。刹那的な力を与えて、奪い、そして消える。俺はそんな存在でしかない。

アンジェリーナの家が千年以上かけて積み重ねた力を、たやすく踏みにじりたくはない。

「知恵は人の宝だ。黄金やスキルとは比べ物にならない」

『君、冒険者のくせに面白いね。今度うちにおいでよ。年頃の娘がいるから泊められはしないけどね』

「それは悪い、もう泊めてもらった」

『は？』

「そういえば貸してもらったベッドはパパのだと言ってたから、つまりお前さんのだな。ありがたく使わせていただいた」

『ちょ、詳しく話を……』

【処理を完了しました】

第3章

"SKILL LENDER"

Get Back His Pride

Before I started lending,
I told you this loan charges 10%
interest every 10days,
right?

1. 紅麟騎士団

――旧坑道、『紅奢の黄金郷』前。

「まだ開かないのか！」

「ダメだ、ツルハシが通らん！　これが黄金だと!?」

マージとコエがダンジョン内に隔離されてまもなく。

それまで灼熱の黄金郷が口を開けていた場所は、くすんだ色の黄金で隙間もなく閉じられていた。

「蒼鋼のノミで傷すらつけられんとは……！」

ドワーフたちが懸命に腕を振るうが、黄金で封じられた入口には傷のひとつすらつかない。柔らかいはずの黄金のあまりの硬さにドワーフは足踏みするばかりだった。

「皆、どくです。【泥土の嬰児】、起動！　ラッシュラッシュ！」

坑道を揺るがすばかりの岩の拳は、しかしあえなく弾き返された。

なおも殴り続けるアンジェリーナをシズクが慌てて制止する。ようやく手を止めたアンジェリーナの顔色はあまりよくない。

「待てアンジェリーナ！　そんな音を立てていい場所じゃない！　騎士団が近くにいるかもしれないんだぞ！」

「あ」

「どうしたんだ、らしくもない。いつもは何があってもヌルヌル躱(かわ)すのに」

「なんでもないです。ええ、なんでも」

「……もしかして、両親のこと？　二人が向かったダンジョンが、もしかして」

「可能性です。あくまで可能性。ここかもしれないし、そうじゃないかもしれない」

「それでも冷静じゃいられないのは理解する。けど、今はダメだ」

そこで言葉を切り、シズクはぐるりと辺りを見回す。

「マージたちなら心配はない。それより危険なのはボクらの方だ」

最大戦力であるマージが不在の今、ダンジョン内のマージたち以上にシズクたちの方が危機的状況にある。謙虚に冷静に判断したシズクの頬を汗が伝う。

「騎士団だっていつ来るか分からない。ここはいったん離れて安全な場所に……ッ!?」

シズクが言葉を切る。不吉な予感に顔を上げた面々は、その意味をすぐに理解した。

「逃げ場の心配は不要ですとも」

ざっと数えて五〇人。

赤鎧(よろい)の騎士たちが、列をなしてそこにいた。その先頭に立つのは一際豪奢(ごうしゃ)な鎧を身に着けた金髪の男。

「紅麟(コウリン)騎士団の、キルミージ……！」

「ふむ。そちらの、赤髪のお嬢さんが人間で他は亜人ですね」

値踏みするようにシズクたちを順に眺めるキルミージに、シズクは隣にいたアズラを摑まえて地面に伏せさせた。同時に叫ぶ。

「他の者も伏せて耳を塞げ！　絶対に奴と目を合わせるな！　暗示で何をさせられるか分からないぞ！」

「おやおや。私のユニークスキルのこともよくご存知のようで」

「騎士団のやることならだいたい予想がつくよ。亜人だというだけで、自分の手を汚さず殺し合いさせるくらいは平気でやるだろう」

睨みつけるシズクに、しかしキルミージは困ったように肩をすくめてみせた。

「ふうむ、白鳳騎士団と一緒にされては困りますね」

「同じだろう。どっちも騎士団だ」

「いえいえ。彼奴らが白で我々が赤であるように、騎士団にもそれぞれ色というものがあります。白鳳騎士団は特に野蛮で知られておりましてね。二本足で歩くヒト以外のものを全て殺して回るような、そんな連中と我々は違うのです」

神速を旨とするそうですが考えないから早いのでしょうね、と。おどけて言ってみせたキルミージに、後ろの騎士たちからクスクスと陰湿な笑い声が漏れた。

それを手で制し、キルミージは大げさに御辞儀をしてみせた。

「我らは紅麟騎士団。七つの騎士団のうち、理知を旨とする部隊です」

大げさに名乗りを上げたキルミージ。

暗示を警戒して目と耳を塞ぐドワーフたちを背中にかばいながら、シズクは騎士団の出方をじっと窺っている。

「お前らのことはマージから聞いてる。賢い割には、アツアツのダンジョンに鉄の鎧で来るんだね。鉄板が火に当たったらどうなるか知ってる？」

「焼き肉ならこの前食べたです」

「焼き肉……」

アズラはドワーフの長としてシズクの横に立ってはいるものの、その足は小さく震えている。その姿がキルミージの目に止まった。

「おや、よく見ればアズラじゃありませんか。こんなところにいたんですねぇ。マージ＝シウに焼き肉も与えてもらえたようでよかったよかった。好物ですよね」

「なんで、好物だって」

「言うまでもないでしょう。あなた自身から聞いたんです。好きなもの嫌いなもの、生い立ち、人間関係まで何もかも。記憶には残っていないでしょうけれどね」

「そんな、ことまで。なんのために」

「使いようはありますから。例えばそうですね、ある『客』はあなたに『油虫が焼き肉に見える』『馬糞がソースに見える』と暗示をかけたと聞いています。しばらく腹痛と嘔吐で苦しんだそうですが、お加減はいかがですか？」

「……ッ！」

「貴様……!!」

思わず口元を押さえたアズラとそれを庇うシズクに、キルミージはくすくすと笑いかけた。

「あなたは暗示にかかりやすくて助かります。今回も、しっかりと彼女らをここへ誘導してくれましたね。大手柄ですよ。マージ＝シウも近くにいるのですか？」

「誘導って、そんな、ち、違……」

「罠に嵌めるための囮としては最高の働きでした」

「シズク様、違います、違うのです、うちは、そんな」

「アズラ、耳を貸すな！　何が本当か分かったもんじゃない！」

信じてと言いたくとも言えない、そんなアズラを後ろに押し込みながらシズクはキルミージだけを睨む。

「ボクだってお前の言うことを信じてるわけじゃない。でも、マージはアンジェリーナに言った。『シズクとアズラを頼む』って。主君が味方としたのなら、臣下はそれを絶対に守る」

「シズク様……」

「おやおや、仲よくなってしまって。豚には豚の友情があるのでしょうか」

後退したアズラを追うようにキルミージが一歩前に出ると同時、最前に立つアンジェリーナは手を地面に付いた。

「【泥士の嬰児（デイド・ミドリゴ）】、起動！」

白磁の人形が次々に立ち上がり通路を塞いでゆく。狭い坑道を石の巨人が埋め尽くし、騎士の隊列と向かい合った。

「それ以上は近づかせません。ここならゴーレムの生成も楽々です。ジェリがスキルを発動した以上、何百人来ようが通れると思わない方がいいです」

「ほうほう。ああ、君たちは下がりなさい」

キルミージの前で盾を構えた騎士たちは、しかしそのキルミージの命令で隊列へと戻った。キルミージ本人はなんのこともないようにゴーレムへ近づき石の肌を撫（な）でる。

ゴーレムが石柱の腕を振りかぶると、二歩下がってあっさりと拳を躱した。

「ふむ、これが情報にあったゴーレムですか。実物は初めてですが強そうですね」

「二〇九二代先の旦那様です！　気安く触らないでください！」

「旦那様？」

「【技巧貸与（スキル・レンダー）】さんが戻るまでの五分間、シズクちゃんとアズラちゃんを頼むとなぜか言われてしまったので！　ここは通しません！」

「アンジェリーナ、それは」

疑問を挟んだシズクをアンジェリーナが目で制する。

「【技巧貸与（スキル・レンダー）】さんがいないことはごまかせません。せめて敵を焦らせます」

そこでシズクも気づいて口をつぐむ。

マージが五分で戻る保証などない。だが「マージはダンジョンに呑み込まれて、出てくる気配もありません」などと敵に知らせて得はない。

ゴーレム越しに睨み合う中、キルミージがくすりと笑った。

「アンジェリーナ、でしたね。あなたは二つ勘違いをしています」

「いいえ、していません。ジェリは計算を間違えたことがありません」

「ひとつ目に、あなたは所詮は錬金術師。暗示の専門家と騙し合いをして勝てるわけがない。マージ＝シウは、そうですね。いつ来られるかも分からない状況とみました」

「ッ！」

「そんな顔をしなくてもいいですよ。二つ目はより絶望的な勘違いですから」

相変わらず大仰に、キルミージは講義でもするように語る。

「どれだけ泥のお人形を敷き詰めようと、我らを止めることはかないません。いいえ、いいえ。たとえマージ＝シウがここにいようとも、私の勝利は揺るがないのです」

「……それこそ勘違いです。証明してみろです」

数十のゴーレムで通路を塞いだこの状況。やすやすとは突破させない自信をアンジェリーナは滲ませる。ましてあのマージすら敵でないなど笑止千万。

そんな赤髪の少女を、しかしキルミージは鼻で笑った。

「では、証明開始。ああ、先ほどそちらの狼人のお嬢さんが尋ねましたね。なぜ灼熱のダンジョンに金属の鎧で来たのか、と。その問いへの回答も兼ねましょう」

「何を……」

ゴーレムの群れに向かい、キルミージは右手を翳した。

「【神代の唄】、起動」

「かみ……!?　それは【技巧貸与】さんがエリアちゃんから取り立てて、しかも進化させたスキルのはずじゃ」

「騙されるなアンジェリーナ！　そういう暗示だ！」

いいえ、と。キルミージは短くそれを否定した。

「【詠唱破却】により即時発動。【無尽の魔泉】により魔力消費を無効化」

手に冷気が宿る。その圧倒的な存在感は暗示が見せる幻なのかそれとも現実なのか、確信を持てないアンジェリーナに向けて術は放たれた。

「凍抜け、『冥氷術』」

ビキリ、と。

冷気を受け止めたゴーレムから耳障りな音が響く。キルミージに近いものから順にビキビキといや増していく奇音。その音の正体を悟り、アンジェリーナは手を再び地面に押し付けた。

「で、【泥土の嬰児】、再起動！」

追加のゴーレムを生み出して壁を増した、その直後。

前線に立っていたゴーレムたちが音を立てて粉々に砕け散った。衝撃による砕け方ではない。内部から亀裂の入ったような独特の割れ方に思い当たり、アンジェリーナは驚きを隠せず口走った。

「急冷却による収縮応力で、ゴーレムを粉砕した……!?」

「さすがに理解がお早い。神代の魔術『冥氷術（コキュートス）』。さすがの威力といったところでしょうか」

この魔術ならばアンジェリーナも知っている。アビーク公爵の率いる領主軍と戦った際、会談の場を作るために行使されたのを目にしたから。使い手は無論マージだ。

これほど強力無比な氷魔術の使い手など他に何人もいまい。

「やっぱり、【技巧貸与（スキル・レンダー）】さんの……いえ、そんなはずがありません。きっとこれも暗示の幻です」

「やれやれ、現実を受け入れられないのも不幸ですね。では、次です。吹き荒（すさ）べ、『嵐風術（アイオロス）』」

「ッ！　皆、受け止めて！」

猛烈な風で押し込まれる石の巨体を、壁と床から生やした腕で支えて食い止める。ようやく弱まり出した風に乗ってくるのは凄絶なる熱気。

「冷気に風ときてお寒いでしょう。鋳溶かせ、『獄熱術（プロメトウス）』」

「内部に気泡を残したゴーレムを生成！　断熱性能を高めて……うぐっ」

石壁で抑えきれず、ローブを焼かれてアンジェリーナは一歩退いた。

「おや、粘りますね」

「これは暗示！　暗示の、はず……！」

「何度でも言いましょう。現実です。マージ＝シウから聞いてないのですか？　私を尾行した彼が、地下で私と対峙したことを」

「それが、なんだって言うですか」

「なぜ、私自らが対面したのだと思いますか」

「……まさか」

暗示というのは、かけられた本人は気づかないものだ。そのことはマージがアズラを使って証明済みである。

だが、マージ自身もその術中にあるとしたら。

「私のスキルは互いに向き合って使うものでして。どうしても一度は互いに姿を晒し合う必要があったのです」

「顔を合わせた時に【偽薬師の金匙】を……？」

「ええ、ええ。ご明察。彼もどこか焦っていたのでしょうね」

「アズラちゃんを早く助けないとっていう【技巧貸与】さんの心理を利用したですか……！」

「そうして暗示をかけ、『貸させた』のですよ」

『貸させた』

いわば、借用書なしで金を借り、その記憶すら消した状態。それでは借りた側が名乗り出ない限り譲渡と変わらない。

「マージ＝シウに『手持ちでもっとも強力なスキルはどれか』と問い、答えた通りに借りました。スキルが減っていることに気づかないよう暗示をかけて、結果はこの通り。なるほど強力ですね」

「だから、【技巧貸与（スキル・レンダー）】さんがいても勝てる自信があったんですか……！」

「自爆の備えをされていたために自決させられなかったのは計算外でした。さらには部下の顔を作り変えて捕虜と入れ替えられたのは腹立たしい限りですが、私の勝ちはあの時点で決まっていたのです」

「……勝利宣言をするのは負けの始まりです」

「強がりも可愛（かわい）らしい。では、勝利を証明しましょう」

そこで言葉を切り、キルミージは再び右手を前へ翳す。アンジェリーナも床につけた手に力を込めた。

「【神代（かみよ）の唄】、起動。鳴り閃（ひらめ）け、『閃電術（ユピテル）』」

「ゴーレムの金属含有量を増加、表面に偏在させて雷電の散逸を……うぐ……！」

術に対応したゴーレムが次々に生成されては砕け散ってゆく。ゴーレムの隊列と魔術との境界線は次第にアンジェリーナ側へと後退し、すでに残るは五列ほど。

「アンジェリーナ嬢。それだけの力を得るには相当な努力をされたことでしょう。よければ騎士団に入りませんか？　努力と研鑽（けんさん）を好む方は大歓迎です」

「……ジェリ、別に努力は好きじゃないです。しなくていいならしたくないけど、しなくちゃ何もできないからやってるだけです。努力って本来そういうもんです」

「では結構。あまりいたぶるのも心が痛みますし、そろそろ終わらせましょう。

凍抜け、『冥氷術（コキュートス）』

鋳溶かせ、『獄熱術（プロメトウス）』

吹き荒べ、『嵐風術（アイオロス）』

鳴り閃け、『閃電術（ユピテル）』

さらに【神代（かみよ）の唄】、起動。術式を習得。

包み匿（しな）め、『闇府術（ハーデス）』

吸い尽くせ、『蝕樹術（ペル・セフオネ）』

濁り溢（あふ）れよ、『流河術（エリダノス）』

「術式を七つ……!!」

「七重神術（セプテオス）、とでも呼びましょうか。さすがに少しばかり発動に時間がかかりますね。ほら、攻撃の好機ですよ？」

キルミージの挑発に対し、アンジェリーナが即座にとった行動は『さらなる防御』。

「全ゴーレム隊列解除！　一体化して形状変更、通路を塞ぐ半球形!!」

「……ほう、攻撃の機会を捨てますか？　せっかく反撃の術式を用意していたのに」

「そんなこったろうと思ったです！」

白磁の半球が通路を完全に塞ぐ。攻防ともに可能な人型を捨て、専守防衛の構えを見せたアンジェリーナにキルミージはほくそ笑む。

半球内部にはアンジェリーナにシズク、アズラ、そして数人のドワーフ。壁越しにも感じる猛烈なマナの流れに、アンジェリーナの額を汗が伝って落ちた。大きく息をして、アンジェリーナは後ろを見ずに口を開く。

「現実的に考えて、この壁でも七重神術(セプテオス)を凌(しの)ぎきれはしないでしょう。だからシズクちゃん」

「ああ」

「確認です。『妃石(ひせき)』のペンダントは持ってきてますね。狼(おおかみ)の隠れ里のマナが封入された石です」

「ああ、ある。首に下げてる」

「じゃあ中のマナで【装纏牙狼(ソウテンガロウ)】を少しだけでも使える前提で進めます。あの土地でできたものだから理論上は可能です」

「分かった。何をすればいい」

「奴(やつ)はジェリたちが立てこもったと思っています。これから壁に隙間を作りますから、そこから一人で脱出してください。行き先はジェリの家です」

「……分かった」

「もう勝てないから一人だけでも逃がそう、なんて話じゃないです。一か八か（いちかばちか）ですが一発逆転を狙います。まず、うちの屋敷に向かって……」

「あの」

わずかな時間で算段を立てる二人を、アズラが遮った。

「お待ちくださいませ」

「アズラ、残念だけど君にできることは何も……」

「エンデミックスキルを、使わせていただきたく」

地精（エンデミック）のスキル。土地のマナに根ざし、その力を借りることで発動する希少なスキル。

狼人（ウェアウルフ）族においてはシズクの【装纏牙狼（ソウテンガロウ）】がそれにあたる。

鉱人（ドワーフ）族にも存在は予想していただけにシズクもアンジェリーナもさほど驚きはせず、しかし首を横に振る。

「君はキルミージの暗示が解けていない。奴の一言で、いや、騎士の誰かが『宣言する』って言っただけで何をさせられるか分からない者を戦列には加えられない」

「心得ております。そこで、シズク様」

「なんだ」

「人の身を削ったことは、ありますか？」

アズラがさも当然のように発した言葉に、後ろで聞いていた青年チュナルが仰天した。

「お嬢!?　どうされるつもりですか！」

「チュナル、おだまり。時間がありません」

「……削ったことはあるよ。ある。マージが治した」

「それは重畳」

「二人とも、お話し中にすみませんがちょっとほんとヤバめです。壁の向こうのマナがえげつないことになってます。完全に過剰供給です」

キルミージは坑道どころかヴィタ・タマごと吹っ飛ばす気かとアンジェリーナは舌を打つ。新しい玩具を見せつけたくて仕方ない子供のようだと呟きながら三人で最後の打ち合わせを終えると、アズラは静かにまぶたを閉じた。

「では、参りましょう」

「シズクちゃん！　三つ数えたらいきます！」

「ああ、失敗したら好きなだけ恨め！　父祖の霊魂よ、どうかこの一度だけお頼み申す！」

シズクの声に応えるように、胸に下げた琥珀色の石が光を放った。

地殻を循環するマナにとって、地中のダンジョンは障害物だ。

だからダンジョン内の石にはマナが吹き溜まることがある。長い時間をかけて多量のマナが蓄積すると、ただの石であればぼんやりと光る『夜光石』に。宝石であれば色が変わって『妃石』になる。

狼人族の王位の証でもあるペンダントはその『妃石』だ。狼たちが先祖代々継承してきた黄金色の宝玉を握りしめ、シズクは全身に力を巡らす。同時にアンジェリーナが叫んだ。

「いちにの、さん！」

「【装纏牙狼(ソウテンガロウ)】、起動！」

【マナ活性度：10】

光の爪を一度振るい、壁の右隅にできた隙間からシズクが飛び出す。騎士たちは追う必要もないとばかりに隊列を保ったままだ。黄金の光に包まれたシズクは一直線に駆け抜け、たちまち坑道の奥へと消えていった。

キルミージは壁越しのアンジェリーナに鼻で笑うように語りかける。

「あの亜人に助けでも呼びに行かせましたか。無駄ですよ」

「へえ、ジェリはそうは思わないです。なぜ無駄と思うです？」

「あれは報告にあったエンデミックスキル【装纏牙狼(ソウテンガロウ)】でしょう？　どんな手品を使って発動したのか知りませんが、どうせ長くはもちますまい。街に出たところで警らの騎士に捕らわれて終わりです。そもそも助けを求められる相手などいないでしょう？」

「丁寧なご説明に感謝感激です。おかげで『もうひとつのエンデミックスキル』が間に合いました。アズラちゃん！」

アンジェリーナがアズラの手を握る。それに応えるように、スゥ、とアズラは息を吸い込んだ。

「――火と鉱（あらがね）とに奉る。汝（なんじ）が眷属（けんぞく）に力をば貸し候え」

「ほう……？」

「エンデミックスキル【命使奉鉱（メイシホウコウ）】、起動しまして」

2.【命使奉鉱(メイシホウコウ)】

「エンデミックスキル【命使奉鉱(メイシホウコウ)】、起動しまして」

ずるり、と。

それは大きなうねりとして来た。アズラの声が反響する中、騎士たちが周囲の変化に浮足立つ。その原因は坑道の中ではなく、壁。

壁が動いている。

「聞こえまするか石よ金(かね)よ。我らに仇(あだ)なす者あらば、ことごとくを呑(の)み、喰(く)らいて、肚(はら)に封じ候え」

アズラの呼びかけに応じて壁がうねり、よじれる。あまりに非現実的な光景に騎士たちも浮足立っている。

「壁、いや床も天井も軟らかくなった……？」

「これはもしや蠕動(ぜんどう)？　このドワーフ、我らを取り込む気か!?」

蠕動。

胃や腸が行うぐねぐねとした運動のことだ。口から入った食物はこの動きによって身体(からだ)の奥へ奥へと送られてゆき、やがて消化される。

坑道が起こしているそれは、細長い構造も相まって腸の蠕動そのものだった。

「ふん、坑道を操るスキルですか。ドワーフらしいといえばドワーフらしい」

その中にあって、キルミージは退屈そうにため息をつく。

「エンデミックスキルについてはいくら聞いても要領を得なかったので、これでも警戒はしていたのですがね。蓋を開けてみればくだらない。あれができる、これができる、それもできる、と好き放題に言っていたのはなんだったのか。諸君、落ち着いて対処なさい」

一度は乱れた隊列が整ってゆく。団長の冷静さにあてられたか、あるいはダンジョン攻略に随伴するだけあって非常識には耐性があるのか。

キルミージは呆(あき)れたように半球の向こうにいるアズラに語りかけた。

「もう結構です。アズラ、『即刻、スキル使用を中止せよ』」

暗示による命令。だが蠕動は止まらない。

「む、ゴーレムの壁越しでは効き目が悪いようですね。ではあの壁を砕き、アズラに直接語りかけるまでです。ちょうど準備もできました」

「ッ、皆！　来ます！」

「連なり実れ。

『冥氷術(コキュートス)』

『獄熱術(プロメトウス)』

『嵐風術(アイオロス)』

『閃電術(ユピテル)』

『闇府術』

『蝕樹術』

『流河術』

発動、七重神術」

それは冷気でも熱気でも雷電でもない。あらゆる力がないまぜになったマナの嵐が、一直線にアンジェリーナの建てた半球の壁へと突き刺さった。

ゴーレムだった白磁の盾と力の奔流とが真っ向から激突する。

「ぐっ、これは、重……！」

「おや、苦しそうですね。まだ序ノ口ですよ」

二度、三度、四度。波状攻撃が白磁の壁を襲う。

アンジェリーナが力を注ぎ込んだ半球はたちまちに砕けてゆく。端から蝕まれるようにガリガリと、耳障りな音を立てながら塵へと変わる。数秒のうちに半球はその半分を失い、後ろにいるアンジェリーナたちの姿が顕になった。

その中にアズラを認めたキルミージは目に力を込める。

「【偽薬師の金匙】、起動。ドワーフの娘アズラは、そのスキルで以ってアンジェリーナと同胞のドワーフを殲滅する！」

対面しての命令。

止まらない。

「なんだと？　せ、『宣言する』！　ドワーフの娘アズラは頸が飛んで死ぬ！」

止まらない。符丁を使ってみても結果は同じ。

そればかりか壁の動きはますます激しくなってゆく。一度は整った隊列も、後列の騎士数名が岩壁に取り込まれて乱れだした。キルミージの顔に初めて汗が滲む。

「なぜだ！　なぜ止まらない！　それにおかしい、残りわずかなゴーレムの壁がどうして未だに破れない……!?」

五度、六度、七度。

アンジェリーナの盾はその半身を削られながら、しかし後ろの者たちを守り続けている。うろたえるキルミージにアンジェリーナは汗を拭いながらも語りかける。

「その理由、耳をすませば聞こえるんじゃないです？」

「何？」

言われるがまま耳に意識を向けるキルミージ。術式の余波が舞う中にあって、それでもかすかに聞こえたのはアズラの声。

「石よ土よ、どうか砕けませぬよう。どうか我らの砦となりますよう。どうかどうか、眷属らとその盟友をお守りくださいますよう。どうか、どうか、どうか、どうか」

「これは……？」

「アズラちゃんのエンデミックスキル【命使奉鉱】は、坑道を動かすだけのケチなスキルじゃないです」

『土や鉱石と会話し、命を下す』

「それがこのスキルの力です」

岩壁に語りかければ、その通りに壁が動く。

土に語りかければ、その通りに呑み込み、埋め立てる。

鉄に語りかければ、その通りの形に変化する。

ゴーレムも岩と泥の人形である以上、そこには確かな相乗効果がある。

「スキルはシナジーが大事だって【技巧貸与（スキル・レンダー）】さんも言ってたです。至言だと思います」

アズラのスキルで強化された盾を支えながら、アンジェリーナはぐっとキルミージを睨（にら）みつけた。一瞬気圧（けお）されながら、しかしキルミージは後に退（ひ）かない。

「鉱石との会話……だからあれほど多様なことができると供述を……。だ、だが暗示で止まらない理由にはなっていない！　私のスキルが破られる理由などどこにもない!!」

「あれ、そっちの理由も分からないですか？　意外とアホですね」

こうする間にも坑道はうごめく。

部下が一人、また一人と呑み込まれていく焦りからか。キルミージから次第に冷静さが失われてゆく。冷や汗を流し、前髪を額に張り付かせながら唾を飛ばす。

「私と向き合った時点で、視覚か聴覚か、何かしらの形で『私』を認識する！　そうなれば勝手に私に注目し、その言葉に耳を傾けるはず……！」

「でしょうね。そういう暗示をかけてあるかもと思いました。自分から聞こう、見ようとするんじゃ目隠しも耳栓も万全じゃありません」

「だから！　こうして壁も虫食いだらけの今、私の声が届かないはずがない！　私の姿を見ようとしないはずがない！」

「本当にそう思うです？　だいぶ砂が舞っていますが、よく見るといいです」

「何が言いたい？　耳栓と目隠しでどうにかなる生温(なまぬる)いスキルではない！　そら、アズラはたしかに私を、見、て……？」

アズラが壁の向こうにいた時は、当然にキルミージからは見えなかった。

壁が壊れだしてからは、猛烈な術の嵐と舞い上がる砂でよく見えなかった。

キルミージはアズラの姿に気づいてはいたが仔細(しさい)を見られていない。今初めて、キルミージはアズラの姿をしっかりと捉えた。

「バカな!?　お前、それは！」

「女性の顔を見て驚くなんて失礼です」

「驚くのが失礼だなどと、どの口が言う！」

キルミージの視線の先には、淡々と言葉を発し続けるアズラの姿。その顔はキルミージの知るものではすでになかった。

目も、耳も、削り取られていたから。

「喰らえよ、喰らえよ、喰らえよ。守られよ、守られよ、守られよ」

「目と耳を潰して、決まった文句だけを繰り返しているだと……!?」

見えるから暗示にかかる。

聞こえるから操られる。

目が、耳が自分を躓かせる。ならば潰して捨ててしまえ。

「アズラちゃんの望みで、シズクちゃんが目と耳を削ったです」

「な、何かのまやかしだ！　その小娘が、それほどの重傷を負ったまま冷静にスキルを使えるわけがない！」

「『宣言する』」

「……ッ！」

それはキルミージ自身が設定した『後付けで命令するための文句』。

今ここでアンジェリーナがそれを口にする。そのことの意味を理解して、キルミージはギリギリと奥歯を鳴らした。

「今のアズラちゃんは痛みも恐怖も感じません。暗闇と無音の中でただただスキルを使い続ける、そういう暗示を耳を削る前にかけてあります。【技巧貸与】さんの治癒スキルで治すまではずっとこのままです」

「だ、だが、それでは連携も何もあるまい！　それにマージ・シウと合流できなければ……！」

「手の握り方でもなんでも合図はできます。それと、【技巧貸与】さんはここに来ます。ジェリの計算がそう言っているんです。あの人はジェリの知る誰よりも賢くて強いので、来る可能性は限りなく高い」

「貴様らどこまで外道か……！　そんな見積もりで仲間の耳目を削るなど、豚にも劣る畜生めが！　壁の後ろに隠れていないで出てこい!!」

キルミージの罵倒に、アンジェリーナは壁の真後ろ、キルミージからは決して姿の見えない位置から淡々と返す。

「ジェリを暗示にかけようと挑発したって無駄ですよ。お前が【偽薬師の金匙】を使うには、お互いが見えてないといけない。もう分かっています」

「な……！」

「さっき【技巧貸与（スキル・レンダー）】さんからスキルを盗んだ話を自慢げにしてましたよね。その時に自分で言ったことです。キルミージ、お前は向き合った相手にしか暗示をかけられない。それもおそらく姿が見えている相手にしか、です」

キルミージは尾行していたマージに姿を現させ、暗示をかけてスキルを得た。

だが、向き合えばよいだけならそんな手間をかける意味がない、とアンジェリーナは静かに指摘する。

「狭い廊下でクルッと振り返ってスキル発動。尾行してる相手ならそれで向き合えます。それができなかった理由が、【技巧貸与（スキル・レンダー）】さんの話とお前の話を総合したら全て分かりました」

「ぐっ……！」

「そうしてスキルを奪い、自決させると自爆術式で屯所が吹っ飛ぶから頸を切られて死ぬように命じて去ったんでしょう。あいにくと【技巧貸与(スキル・レンダー)】さんは頸が飛んだくらいじゃ死なないですが」

「どこまでも、どこまでも人の道を外れた連中め……！」

それでいい。

壁越しの返答はごく単純。

「騎士団は正義なんですよね？　だったらジェリたちは悪でいいです。悪は悪らしいやり方で、自分の守りたいものを守ります。ジェリにだって絶対負けたくない理由があるんです」

壁越しに言い切るアンジェリーナ。その意思に応えるように、白磁の盾はさらに硬さを増す。しかし、とキルミージは唾を吐きながら吠(ほ)える。

「まあよい、所詮は小娘の寄せ集め！　神代の力に及ぶものか！」

手を前へ。撃ち終わったばかりの魔術を再び呼び戻す。

「【無尽の魔泉】がある限り魔力消費はないのだ！　盾が破れるまで撃ち続けるのみよ！『冥氷術(コキュートス)』から『流河術(エリダノス)』までいくらでもくれてやろう！」

「ぐ、まあそうなりますよね。なんともまあ、早さ重視だからって雑な重ね方を……！」

アンジェリーナの言う通り先のものよりも雑多で荒々しい力の乱流。マナの暴風が再びアンジェリーナたちを襲い、身を守る盾をガリガリと削り取ってゆく。盾を維持するアンジェリーナの手に汗が滲んだからだろうか。アズラがアンジェリーナの焦りを抑えるように手を握り返した。

「ジェリ様。マージ様は、来られるのですね……？」

「来ます！　いえ、来なくても！　ジェリは『任せる』って言われました！」

だから、負けない。負けるわけにはいかない。

「ジェリは【技巧貸与（スキル・レンダー）】さんの信頼を、信用を勝ち取って！　パパとママに会うんです、もう一度!!」

いつにない声で叫ぶアンジェリーナの言葉は、術式の轟音（ごうおん）に呑（の）まれかき消されてゆく。

アンジェリーナとキルミージの攻防の裏で、騎士たちも黙って岩壁に呑み込まれているわけではない。隊列を維持しながら次第に壁の動きに対応し始めている。今や壁が騎士団を呑み込むよりも、術式に盾が削られる速度が上だ。

それを目視で確かめてキルミージは勢いづく。

「どうしたそこまでか!?　どうしたどうしたどうした!?」

「ぐっ……！」

盾の大きさは残り三割といったところ。これ以上は背後を守りきれない域に入りつつある。反撃の手などあるはずもなく、アンジェリーナとアズラの姿は徐々にさらけ出されてゆく。

マナの嵐の中、キルミージはただただ勝ち誇る。

「ここまでよな錬金術師！　分かるか、塔に籠もり知恵者を気取るだけの貴様らと、天下を往来し真に理知を得た私との、これが差なのだ!!」

「何か、ずいぶん勝手なこと言ってるですね……！」

アンジェリーナの絞り出すような声を、しかしキルミージは嗤うのみ。

「何を語ろうが詭弁！　全ては努力の差よ！　美しく清潔、紳士的で高潔、理知的にして潔白！　それこそが正しきヒトの姿であり、そこに向かって努力を続けた者こそが、すなわち私こそが！　勝者となって然るべきなのだ！　ははははは!!」

「こんな奴に……！　ジェリは、ジェリだって、任されたことくらいやれるんです！　やれないと、【技巧貸与】さんに認めてもらわないと！　もう、会えな――」

アズラの手を握りしめる力が強まる。【命使奉鉱】の力がいっそうに強まるが、それすらもマナの激流が押し流してゆく。

盾はあと二割。背後のドワーフたちが苦痛を堪える声がする。

あと一割。アンジェリーナのローブも半分が灰に変わり、髪留めが風化したように切れ落ちた。編んでいた赤髪が風に舞いながら少しずつ灰に変わってゆく。

その手を握るアズラは潰れた目と耳で、しかし何かを感じ取ったように土と鉱石への呼びかけを中断してささやく。

「ジェリ様」

「……アズラちゃん、よく聞いてください！　今から中が空洞のゴーレムを作ってアズラちゃんを収めます！　一人しか入れませんが中の空気は半日もちますから、岩を操って地中を逃げてください！　他のドワーフさんのことはジェリに任せて【技巧貸与】さんとの合流を最優先に！」

生き物は耳を潰されようと、ごく近距離からの音であれば骨を伝って聞き取ることができる。その知識を信じて話しかけるアンジェリーナにアズラはあくまで淡々と応じる。

「ジェリ様」

「分かってます、何人が生き残れるか責任なんて持てません。ジェリの不出来を恨んでもいいです。でも、ジェリはアズラちゃんのことを任されたんです！　アズラちゃんだけはなんとしても生きてください！」

自分自身も、どんな苦痛や恥辱を受けようが絶対に命だけはつないでみせる。何を差し出すことになろうが構うものかと、崩れゆく盾を前にアンジェリーナは唇を噛む。その手を引くドワーフの姫は、あくまで穏やかにしとやかに。

「ジェリ様」

いくら見えず聞こえずでも、痛みを感じずとも、これほど濃密な術が肌を焼いていれば危機に気づかないはずもない。それでも静かに手を引いて、アズラは背後を指差した。

それは誰の目にも明らかな、しかし坑道の壁を意識していたアズラにしか気づけなかった変化。

「『紅奢の黄金郷』の出入口が、開いております」

「……へ？」

「何かが、来まする」

盾が割れる。

それと同時、アンジェリーナが振り返った先の壁に大きな口が開いた。黄金の川が流れ、灼熱の風が吹き荒ぶダンジョンの姿が顕になる。そこから飛び出したのは赤熱した金よりもなお赤く巨大な力の権化。その姿にアンジェリーナは目を見開いた。

竜の顔が、飛来している。

「竜、の頭だけ!?　それに剣と鎖が……！」

竜の鱗はいかなる金属よりも硬い。かつてマージが相対した蛇龍ヴリトラも『殺せずの龍』の名に恥じない頑強さを見せたという。

そんな竜種の頭が、無数の鎖に運ばれてきてアンジェリーナの前に落下した。続いて飛来する白銀の刃。飛び交う刀剣が竜の頭を床に縫い付け、崩れたアンジェリーナの盾に代わって巨大な障壁をなす。

「ひっ!?」

いきなり眼前に現れた竜の顔にキルミージは狼狽し術式を放つ、が、全力の斉射も竜鱗をわずか削ったのみ。さらに強固な竜の頭蓋を破壊するには至らず、そのまま散逸して消えていった。

突然の出来事にアンジェリーナも理解が追いつかず竜の頭をじっと見上げる。数拍の後、そこに絡みつく黄金の輝きで事態を察した。

「金の鎖……。まさか、そんな」

泥まみれの手で黄金の鎖の一本に触れる。指先から伝わった魔力が、目を持たない鎖に彼女が彼女であることを認証させた。とたんに上機嫌な声が一方的にまくし立ててくる。

『ややや、すごいねこれは。剣のスキルに並列思考なんてどういうことかと思ったもんだけど、使ってみたら便利なことこの上ない。五一二の自律思考体、この場合は剣が術式の処理を補助してくれるおかげで今の余力でもこれだけ鎖を増やせたよ。あとはドラゴンの首をすぱーんと切り落としてここまでひとっ飛びさ。研究するのが楽しみだね。あ、竜の頭なんて本腰入れて研究したら一代終わってしまうかな、ハハハ』

「あ……」

アンジェリーナの探し求めた声が、そこにあった。

『ああ、いけないいけない。錬金術師の悪い癖が出た。ついついこういう研究話が先に出ちゃう』

「パパ……？」

『やあジェリ、愛(いと)しのパパだよー』

目の前の黄金が肉親である。その意味を、アンジェリーナの知識は即座に理解した。

「……肉体変換は不可逆で、もう人間の姿には戻れない」

『よく勉強してるね。そう、だからなるべくなら使わないつもりだったけれど結果はこの通りさ。無理のしすぎで命も長くないもんで、思い切って借金しちゃった』

「それで、【技巧貸与(スキル・レンダー)】さんのスキルを……」

『利息はトイチだってさ。暴利だよねぇ。でもおかげでこうしてまた会えた。……大きくなったね、ジェリ』

アンジェリーナの左手が鎖を握りしめる。鎖から先端の錘(おもり)へと水滴が伝い、坑道の地面に吸い込まれた。

「がんばった、がんばったよ……！」

『ああ、分かる。どれほど学んだのか、どれほど研鑽(けんさん)したのか、君の手から全て感じ取れる。本当にがんばったね』

「また、会えた……！」

『うん、会えた。長く一人にしてごめんね、ジェリ』

チリリと鳴るだけの鎖が父親という異常事態にあって、アンジェリーナの理解はしっかりと追いついている。それが錬金術師の家系ということ。だが錬金術師らしからぬ家族の姿もまた、そこにあった。

ただ、感動の再会などと呼ぶには場が少々やかましい。騒音の筆頭は竜の頭を指差してがなり立てる赤鎧(よろい)の男。紅麟(コウリン)騎士団長、キルミージ。

「どういうことだ！　どういうことだ!?　竜の頭だけがダンジョンから飛び出すなど……それに、お前までがなぜ中から出てくる!?」

そんな彼の眼前。竜の頭を背にするように、ダンジョンの入口から出てきた人影が立った。

「説明は不要だ、キルミージ。お前はもう何ひとつ知る必要はない」

「吠えてくれるな、マージ・シウ!!」

狼人族(ウエアウルフ)の王、【技巧貸与(スキル・レンダー)】の保有者。

マージ・シウがそこにいた。

3．コケコッ

ロード・エメスメスの理解は早かった。【神刃／三明ノ剣(サンミヨウツルギ)】を貸してすぐに特性を理解し、最も自分に適した使い方を見出(みいだ)した。

『【神刃／三明ノ剣(サンミヨウツルギ)】、起動。『鎖』を再構築開始』

スキル【神刃／三明ノ剣(サンミヨウツルギ)】はマナの刃を形成する。マナとは世界を循環する力であり、それを用いて様々なことを行うのがスキルや魔術である。

マナの扱いを極めれば、自分の肉体をマナと融合して別の物質に再構成すらできる、らしい。知識としては知っていたが実際に目にしたのはロード・エメスメスの鎖が初めてだ。

『一〇〇〇と二四本のマナの刃を生成。半数を鎖へと変換し、僕自身と一体化。並列思考開始』

白い刃が黄金へと変じ、朱(あか)い竜を縛り付ける鎖がその長さと数を増してゆく。輝きもまた先ほどまでとはまるで別物、周囲の黄金が霞(かす)むほどの煌(きら)めきを放っている。

そんな光景を前に、コエさんは心配そうにつぶやく。

「マスター、しかしあれは」

「ああ、自分の身体(からだ)と脳をツギハギして大きくするようなものだ。とてもまともな思考じゃ扱えないし、扱えたとして気が狂うに決まってる」

だが、やっている。ロード・エメスメスだった鎖は竜をよりいっそう縛り上げ、一度は自由の身になりかけたその身体を締め付ける。

彼の残りの命は短い。もう人間に戻ることも生きることさえも捨てて、ただひとつの目的のためだけに無理を通している。やがて『将』の間を埋め尽くさんばかりに金鎖と白刃が舞った。

『同期完了。――刎ねろ』

ロードの指示に五一二の刃が駆ける。竜へと殺到し、堅固な鱗も頸椎もものともせず首を刈り取った。首は床へ落ちる前に鎖に絡め取られて入口へと運ばれてゆく。

「竜の頭をどうするんだ？」

『パパからジェリへのお土産』

「……そうか、喜んでくれるといいな」

『半分冗談だよ。ダンジョンの外はどうやらのっぴきならない状況みたいだから、念のためにね。じゃあ入口へ向かおうか』

そう語るロードの後を追うようにダンジョンを脱出した俺たちが見たのは、満身創痍のアンジェリーナにアズラ、そしてドワーフたち。持ち出された竜の頭が盾となって彼女らを魔術の嵐から守っている。

「あれは、キルミージか……？」

アンジェリーナたちを攻撃し、今なお魔術を撃ち続けているのがキルミージであることは明白だ。だが、それほどの力が奴にあったというのか。

「いいえ、マスター。あれだけのことができるのでしたら、騎士団のいち団長などには留まっていないはずです」

「ああ、そうだね」

そのままキルミージと対峙してみて確信する。

「吠えてくれるな、マージ・シウ!!」

以前の奴とどこかが違う。纏う雰囲気もまるで別物で、どうやら何か大きな力が奴の手に渡ったとみるほかない。

思考を巡らす俺の背後からアンジェリーナの声が飛ぶ。

「要注意です！　奴は、【技巧貸与】さんのスキルを使ってます！」

アンジェリーナの説明は端的だった。俺が暗示でスキルを奪われたこと、アズラと協力して耐えたこと、シズクを先に脱出させたこと。俺がキルミージと牽制しあう間に説明を済ませたアンジェリーナは、アズラの手を握りながら俯く。

小さな手の主の顔は、見るに堪えないほどに抉り取られていたが。

「アズラの治療は、すまないが後だ。今すぐ治しても暗示で何をさせられるか分からない」

「……アズラちゃんを任せると言われて、だけどこんな方法でしか、ジェリには守れなくて。でも、おかげでパパと、あの」

「アンジェリーナ」

自分のこととなると急に口ごもり出したアンジェリーナ。

それを遮って名前を呼ぶと、アンジェリーナはビクリと身体を震わせて顔を上げた。

「アンジェリーナがなぜ俺に接近したかはコエさんに聞いた。俺が聞き出した」

「……やっぱり、ダメですよね」

「いいや、それでいい」

俺は人から好かれるような人間じゃない。かつてはお荷物と呼ばれ、今では悪の親玉だ。

そんな俺を、アンジェリーナは両親にもう一度会いたいがために利用しようと近づいたという。

「それでいい。アンジェリーナは何も間違ったことはしていない」

「でも、ジェリは」

「人間が人間を信じるっていうのは、何も心の繫がりなんて不確かなものじゃなくていいんだアンジェリーナ。お前が俺の能力を信じたのならそれでいい。そのスキルにあとを任せろ。ロードの命は残り少ないそうだから」

状況は分かった。

俺がアズラの救出を焦ったがゆえの現状だ。アンジェリーナが待ち望んだ再会を誰にも邪魔させない責任が、俺にはある。

「待たせたなキルミージ。お前らの基準は分からないが、首級としてはアンジェリーナより俺の方が高値がつくか？」

こうして話している間に敵が何もせず待っているはずもない。坑道の壁と戦うので手一杯の騎士たちはともかく、その先頭に立つ男の手には大きな力が渦巻いている。

この男にアンジェリーナたちの邪魔をさせてはいけない。

「ずいぶんと長話だったなマージ・シウ！　その間に、見よ！　『冥氷術（コキュートス）』から『流河術（エリダノス）』までの七つに、さらに新規習得した五つを加えた十二重の術式が貴様を狙っている！　十二、十二もだぞォ！　ハハハハハ!!」

「……お前のことをよく知っているわけじゃないが。紅麟騎士団長キルミージは、慎重かつ大胆に敵の裏をかき、密（ひそ）かに支配の手を広げてゆく人間だったはずだ。ずいぶんと派手好きになったな」

「はっ、何を言うかと思えば」

キルミージは狡猾（こうかつ）な男だった。それはドワーフの扱い方にも表れている。

ドワーフたちに暗示をかけて反抗を禁じ、ある者は意のままに操り、ある者は人間のように生活させて自分たちの社会に取り込む。敵の自由と尊厳を奪いながらじわじわと我が物とするやり方だ。新たな世代は人間に従い、人間のように生きることに抵抗を覚えなくなってゆくだろう。

時間はかかるが、二万を超えるドワーフを軍事力で押さえつけるよりはよほど冴（さ）えたやり方だ。それを着実に実行してきたキルミージの手腕は認めざるを得ない。

「それが今や、力業の魔術で敵を吹き飛ばすようなことをしているわけだ。相当な心変わりだな」

「必要に応じただけのこと！　今やこのスキルが与える圧倒的な知識、圧倒的な頭脳、圧倒的な力は私の、私だけのものだ！　陰でコソコソと這い回る役目は貴様にくれてやる！」

キルミージの術式が光を放つ。発動間近の今なら、妨害することもあるいは可能だろう。だが強力な神代の術に割り込めば力がどこに向かうか分からない。

スキルを回収してかき消せれば最善だが……。

「コエさん」

「申し訳ありません。やはりスキルを貸し出したことを認識できません。仮に認識できても十日以上の定めがありますので手を出せないかと」

「取り立ての処理が行えない、と」

「はい、マスター」

俺の確認に、コエさんは悔しげに答えてくれた。【技巧貸与（スキル・レンダー）】にまつわる暗示だけあって彼女にもいくらかの影響があったのだろう。

「コエさんのせいじゃない。奴だって、取り立てられないと分かっていたから種を明かしたんだろうしね」

スキルを取り上げて終わりにできれば簡単だったが、今はいわば借用書なしで金を貸してしまったような状態。期限だって無期限になっているだろう。

つまりは『神銀の剣』のアルトラたちと同じだ。

無期限で貸したスキルの回収には、借りた側の『返す』という意思表示がいる。キルミージ側に返す意思がない限りは回収できない。ならば方法はひとつ。

「奴が返済する気になるまで相手をする、か。分かりやすくて結構だ。【斥候の直感】【神眼駆動】、起動。術式の動きを仔細に把握する」

マナの流れを捉え、追尾する。どうやら向こうの術式も整ったようだ。

「連なり実れ。加重、加重、加重、加重、加重ゥ！　発動、十二重神術！　さああさあ、どう凌ぐどう逃れる!?　見えたところで五体満足でいられるとでも思うか！」

「五体満足？」

そんなもの初めから捨てている。迫る術式に、俺は右手を翳した。

「【金剛結界】【熾天使の恩恵】、起動」

「……は？」

防御のスキル【金剛結界】をもってしてもこれほどの力は防ぎきれない。下手に逸らせば坑道ごと吹き飛ぶ。選択肢はひとつだ。

「力を全て、俺の身体を壊すのに使わせればいい」

結界に守られた腕が先端からガリガリと削れ、そのそばから再生されてゆく。次第に押し込まれてくるが決して早くはない。光の向こうにいるキルミージが苦々しく、半ば恐れるような表情で唇を噛むのがちらと見えた。

「マージ・シウ、貴様、正気か……!? 痛みを消せるような術式ではないはずだ!」

「痛いさ。痛くないわけがない。それでも、これは俺の責任だ」

痛みで意識を失うことだけは【気絶耐性】系統のスキルで阻止している。それだけに痛みの全てを知覚することになるが構わない。

俺がスキルを掠め取られなければ、アンジェリーナもアズラもドワーフたちもここまで傷つくことはなかったはずなのだから。必要とあらば痛みくらい受け入れるのが筋だろう。

第八波、九波、十波、十一波。

「……十二波。終わりか?」

「ぐっ!」

あの術式は十二の術を重ね合わせて複雑極まる力の塊とし、それを十二回に分けて撃つ。おそらくは一度に放出できる出力の限界があるのだろう。それを凌ぎきって、肘まで削れた右手をそのまま前へと向けた。

「【阿修羅の六腕】、起動」

「は、阻み斥けよ! 『巨壁術』!」

醜い巨人を象った障壁が、神の六腕を全て受け止めた。硬い。硬いが、それだけだ。構わず殴り続けるうちにキルミージは一歩また一歩と後退してゆく。

「貴様、勝ち目もないくせに往生際の悪い……ッ!」

「俺に勝ち目がないか。根拠は?」

俺の問いに、キルミージは不敵に笑う。

「私が貴様から奪ったのは、貴様が持つ中でも最強のスキルだ！　貴様自身がそう評した！　それが私の手の中にある限り、私の勝利が揺らぐことはない！」

「なら、どうする」

「決まっている！　【神代の唄】、起動！　追加習得、『穿射術』『孕岩術』『光明術』、そうだ、痛みをより増すための『毒悶術』……。それに、ああ、ああ、これだ、『真・海嘯術』！」

スキル【神代の唄】は神の時代にまで遡ってあらゆる魔術を識ることができる。その総数はあまりに膨大、少なくとも、人間が名前をつけている数字の枠などには収まるまい。

キルミージは防御の術式を展開しながらも、新たな術を次々に習得しては手の内に重ねてゆく。

「二十四重……四十八重……！」

「十二じゃ俺の右腕も削りきれなかったが、そんなものでいいのか」

「強がりも過ぎれば哀れよな！　まだまだ、もっともっとだ……！」

不可視の豪腕で殴りながら、俺はキルミージの周囲を渦巻くマナの流れをじっと観察し続ける。半透明な障壁の向こうのキルミージは誰にともなく語り続けている。

そろそろか。

「まだ、まだ足りない！　誰よりも『努力』したこのキルミージにこそふさわしい力はもっと、もっと……！　清潔で、高潔で、潔白で紳士的で何より理知的であらんとする、この私の道を阻む愚物を全て、全て、全て打ち払…………………………………け、こ……………………………………………」

「キルミージ？」

「コケコッ」

キルミージから漏れ出た声は、鶏に似ていた。

神々の力を我が物とし、もはや自身が神に等しいまでの力を発していたキルミージ。その喉から、鶏が首を捻られた時のような声がした。同時に高まる一方だったマナが急激に霧散してゆく。

続いて奴にやって来たのは身体の震え。キルミージはガクガクと身体を震わせ、青ざめた顔からは大量の涙と汗を噴き出した。両目は泳いでろれつも回ってはいない。

「な、なんら、ケ、これ、コケ、カ、ラキ、マ……？」

術式はさらに乱れ、防御障壁にも揺らぎが現れる。キルミージに異変が起きているのは誰の目にも明らかだった。

「壮絶な頭痛で自我すら消し飛ぶ気分か？　ああ、俺も一度似たような経験をしているからな、少しは分かるぞ」

「ドういう、コと、だ」

口からは涎を垂れ流しながら、自分に何が起きているか分からない様子のキルミージ。コエさんも奴の惨状に戸惑っている。

だが、俺には分かる。アンジェリーナから事情を聞いた段階でこの状況を予期していた。何より、俺自身にも覚えがあることだから。

「マスター、これは一体」

「【神代(かみよ)の唄】は、魔術の知識を得られる『知恵のスキル』らしい。神代魔術を覚えられるだけでなく、そのための人間離れした知能……いわば『頭のよさ』も必要なだけ手に入る」

スキルの元の持ち主であるエリア＝Ａ＝アルルマも、若くして難解な論文をいくつも発表した稀代(きたい)の天才魔術師だったのは覚えている。それだけの効果があのスキルにはある。古代どころか神代まで遡れる【神代(かみよ)の唄】ならばなおさらだ。

俺の話を聞きながら、キルミージは子鹿のように震えだした膝を必死に支えている。

「それガナんだ、今シャ、ら」

「知能が手に入る。それは喩(たと)えるなら、本に頁(ページ)を継ぎ足すようなものだ。百頁の本を百五十頁、二百頁へと増やせれば、書き込める量も増える。当然だな。……【亜空断裂】、起動」

「グッ!!」

言いながら障壁に斬撃を加える。先までの堅固さはすでになく、盾の巨人が大きく揺らいだ。

この手応えは演技ではない、キルミージの力は確実に弱まっている。

「百頁の本が二百頁になるのはいい。四百、いや五百頁でもまだ本として読めるだろう。

だがお前は、強力無比な神の術を何百と書き足した。一体どれだけの頁がいる？」

これはあくまでたとえ話。だが本質は捉えているはずだ。

現に俺から【神刃／三明ノ剣(サンミヨウツルギ)】を借りたロード・エメスメスは、五一二本の頭脳(やいば)のみを自分に融合した。命を捨てて、未来を捨てても、それが限界だと知っていたのだ。

ロードのような天才的な頭脳の持ち主でさえ、いや、天才だからこそそれだけに抑えられた。だがキルミージは違う。

どんなに知恵を継ぎ足そうが、根本の思想と人間性が歪(ゆが)んでいれば乱れを増幅させるだけなのだから。

「お前が際限なく習得し続けた神代の魔術は、いったいどれだけの容量だ？　それを何重にも使うのにどれだけ頭脳を酷使した？」

「ア……!?」

「天才錬金術師ですら五一二頁足すので限界だった『本』に、何千万頁も継ぎ足した『何か』。それが今のお前だ。無事で済むわけがない」

魔術を覚えるには頭を使う。

魔術を使うにも頭を使う。

何千万頁、何億頁と継ぎ足し、焼き切れんばかりに使い込んだキルミージという本。それはもはや本と呼べる形すらしていないだろう。今のキルミージの状況はごく単純。本の綴(と)じ紐(ひも)がついに切れてしまっただけのことなのだ。

「そんナ、バかナこと……」

「俺自身がどう使っていたかは覚えてないが……。二つか三つの術式だけ習得して、他のスキルと組み合わせて使っていたんじゃないか。もちろん、脳にかかった負荷を修復するための治癒スキルと併用しながらな」

スキルはシナジーで選ぶもの、ということだ。

闇雲に数ばかり増やしてもひとつひとつがおろそかになったり、時には今のように大きなしっぺ返しを食らうことになる。だから『絞る』。自分の手のひらに収まるだけのもので工夫し、組み合わせてこそ強者たりうる。

焼き切れた頭で理解できているのかいないのか、キルミージは泥の上にうずくまった。

「こんナ、ハずガ……！」

「俺がそのスキルを最強と評価した理由も予想はつく。知恵は力だが、考えて工夫することもまた力。それを強化するスキルだから重要と思ったままでだろう。知恵しか見なかったお前の失敗だ」

もっとも、危険な賭けではあった。

万にひとつ、キルミージが数百の術式を御しきったなら、それだけの魔術が折り重なって飛んでくる。そんなもの防げるはずもない。

「まあ、最悪の時は俺が死ねば済む。貸し手が死ねば貸し出しも全て無効だからな。簡単に死ねる身体じゃないが流石(さすが)にどうにかなるだろうさ」

「な、ナ……！」

キルミージからの反論はない。ならばアンジェーナたちに倣って締めくくるとしよう。

「以上、証明終わりだ。最初に言ったろう、『お前はもう何ひとつ知る必要はない』と。あの言葉はな、キルミージ。お前自身のためにも言っていたんだ」

キルミージの身体から力が抜けてゆく。

顔は窺えないが、自信に満ちていた声は今や小さく震えている。数拍の後、奴の口が薄く開いた。

「私の、負ケだ……。何モかも……」

キルミージが顔を伏せたまま動きを止めた。神代魔術の障壁も音を立てて崩れ落ち、手に集まっていた多重術式も霧散している。

もはや抵抗する気力もないとばかりに赤鎧の騎士は頭を垂れた。

「スキルは、返す。殺してくれ。楽ニ、してクレ。いたい、イダイ、クるじい……！」

「断る。殺せばこちらにも不都合が多いんでな」

「せ、せメて、この痛みを、消シテ……」

キルミージがズリズリと這いずる音がする。俺の足元まですり寄り、縋りつくように指が靴に触れたと同時。

がば、とキルミージの顔が上がった。

「【偽薬師の金匙】、起動！」

「ッ」

「フハ！　フハハハ！　やった、やったぞ！　ざマ、みろ！　ヤッタ、ヤッタ!!」

油断を誘っての不意打ち。至近距離での暗示スキル全力起動だった。

キルミージが歓喜を顕にする声がする。一発逆転、捲土重来、どんでん返し。頭の痛みは続いているだろうに、今にもそんな言葉で歌い始めそうだ。

ひとしきり勝ち誇ったところで、キルミージは息を切らしながらに命令を口にする。

「マージ・シウに、命じる！　私を、治療セヨ！　いいや、治癒スキルを、貸し出して……」

俺に向かって次々と命令を下すキルミージ。それに対する俺の返答は一言。

「断る」

「なっ……!?」

「騙し討ちとはいよいよ窮まったな、キルミージ」

アズラの状態を目にした時に理解したことだ。キルミージの暗示にはいくつか条件があり、そのひとつに『互いの姿が見えていなくてはならない』があるのだと。

ならば対策はアズラと同じだ。

「貴様も、自分の目、を……！　いツの、間に!?」

「二度も同じ失敗はできないんでな。さっきの【亜空断裂】で目の裏側の神経も切っておいた。感知のスキルでお前の動作だけは追っているから、こういうことはできる」

右手でキルミージの顔を掴む。キルミージとて騎士団の長、並み以上の肉体強化スキルは習得しているのだろうが……。俺が【腕力強化】の最上位進化スキル【阿修羅の六腕】を発動している今、軋みを上げる頭蓋骨から俺の手を引き剝がすことなどできはしない。

「ぐ、ぎ、が……！」

追い詰められたキルミージが本来の得意技である暗示に頼ることは予想できた。だから攻撃に乗じて自分の視神経を切っておいただけのこと。

『互いの姿が見えていなくてはならない』

俺が自分で治癒スキルを使うまでこの条件は決して満たせない。

そして念には念を入れる。俺はキルミージを掴んでいる右手に別のスキルを発動した。

「お前がドワーフ忠国隊を縛り付けていたのもこの方法だったな。人間も亜人も暗闇を恐れるのは変わらない」

「ま、待……」

「【亜空断裂】、起動」

キルミージが目から鮮血を噴き出した。

斬撃のスキルが、空間ごとキルミージの両目を削り取った。離した右手に生暖かい液体が降りかかる。

「ッ、アアアアアア!! 目、目、目が、目ェェェェェ!!」

不意に襲いくる痛みと暗闇の恐怖に人は抗えない。キルミージも平時ならいざしらず、追い詰められた今は泥の上を悶(もだ)えのたうっている。

奴はもう暗示を使えない。

キルミージが負けたと言った時、勝負を投げたかと俺も思いかけた。

だが俺は知っている。自分こそ最強、自分こそ至上と信じた人間がいざ追い詰められた時、決して潔く諦めたりはしない。必ず最後の最後まで食い下がる。

「……そういう意味でも、お前の顔が見えなくてよかったと思うよ」

顔を上げて勝利を確信したキルミージは、あの日、草原で再会したアルトラと同じ顔をしていたに違いないから。

「スキル、返ス、だカラ……」

「さて、ここで悪い知らせがある」

「マダ……？」

「お前が俺からスキルを借りたのは初めて会った日だな？　それだと今日で九日目になる」

俺の【技巧貸与(スキル・レンダー)】は十日以上経(た)たないと回収ができない。よって、キルミージ本人にどれほど返済の意思があったとしても返すことはできない。

あと半日も残ってはいないが、あと数鐘はこのままだ。

ふと、後ろで静かにしていたドワーフのひとりが勝負が決まったものとみたか声を上げた。

「殺しちまえばいいんじゃないのか……？」

ドワーフたちはまだキルミージや騎士たちを殺害できない。アズラが『壁に呑み込ませる』という特殊な方法をとったのもそのせいだろう。だからこそ俺に殺してもらいたいという感情は理解できる。

ただそれを汲んでやるわけにもいかない。政治的にややこしくなるのもあるが、それ以上に。

「そうはいかない。【神代の唄】は必要なスキルだ」

「だから、ざかざかっと刻めば」

「【技巧貸与】はあくまで『貸してから十日目以降に、貸したスキルと利息を取り立てる』スキルだ。その時点でスキルが存在していなかったり、あるいは貸した相手そのものがいなければ空撃ちにしかならない」

人間は死ねばそれで終わり。人間がいなければスキルもないから取り立てられないのは当たり前だ。これが金貸しなら相続しだいで子供から取り立てもできようが、あいにく俺はスキル貸しだ。

「だから、キルミージにはスキルを返済するまでは生きていてもらう。その後のことはそれからだ」

「ウ、ウァ……？」

俺の言葉を理解したらしいキルミージの身体から、絶望とも怒りとも言えない感情が噴き上がった。背中から舌のようなどす黒いものが伸びる。攻撃かと身構えるが、向かったのは奴の後方。その先には部下であるはずの騎士たちしかいない。

黒い舌が、揃いの赤鎧をまとった騎士たちを絡め取りはじめた。

「だ、団長⁉」

「ひぃ‼」

騎士たちの身体はたちまちにやせ細り骨と皮だけになってゆく。

今の俺でも耳にしたことはある術種だった。

「敵意のない者から力を得る吸魂術式……。高潔さや潔白さの次は、組織の長としての矜持も捨てたか、キルミージ」

「乞えよ……肥えよ超えよコエヨコエヨコエヨコエヨコエヨコエヨ、『飽獣術』！」

「……抵抗しないなら、眠らせてやるくらいはしてもいいかと思ってたんだがな」

吸魂術式は犠牲が大きい分威力も桁違いに高い。発動すればどこまで消し飛ぶか分かったものじゃないだろう。阻止しようと【阿修羅の六腕】を起動しかけた俺の横に、しかし濃密で生暖かいマナの気配がちらついた。

『マージ君、もしかして戦いをわざと引き伸ばしてくれてた？　僕らにも一発譲るために？』

ロード・エメスメスの鎖が、ちりんちりんと澄んだ音を鳴らしていた。

「勢い余って殺さないよう用心してただけさ。……もう親子の話は済んだのか？」

積もる話もあるだろうに随分と早い。いぶかしむ俺に、金の鎖は苦笑いするようにちりちりと軽い音を立てた。

『だってほら、パパと思春期の娘だよ？　会話がそんなに続くわけないじゃないか』

「そういうものか……？」

『それにジェリ。君だって、おしゃべりよりもこっちの方がいいだろう？』

「です」

アンジェリーナも俺の隣に立った。

自分の目を治療して見てみれば、その顔つきはすでに錬金術師のそれ。体には静かだがおびただしい力をまとっている。

「死なない程度にぶっ殺します」

第4章

“SKILL LENDER”
Get Back His Pride

Before I started lending,
I told you this loan charges 10%
interest every 10days,
right?

1. 継承のユニークスキル

「死なない程度にぶっ殺します」

『美しい言葉づかいも教えればよかったかなってパパ反省。さて、やろっか。さっき「開いた」エメスメス流の戦い方を、この世界にお披露目しよう』

キルミージの体から湧き出した黒い舌は肉を喰らって実体を持ち、今は黒い鞭、あるいは触手となって猛烈なマナを放ちながら奴の体にまとわりついている。ひゅ、と風を切る音がするや、坑道の岩壁がバターかなにかのように削り取られ、黒く腐って消滅した。理外の効力を持つ触手の次の標的は考えるまでもない。間髪を容れず、幾本かがアンジェリーナへ突進した。

「【金剛結界】、きど……」

「平気です」

明らかに急所を狙っての攻撃。危険とみて割り込もうとした俺を、しかしアンジェリーナは右手で制し、壁につけていた左の掌に力を籠めた。

「【泥土の嬰児】、起動。参照、引用、規格化、工程完了」

今までと異なる工程を挟み、生み出されたのは一体のゴーレム。

「『錬手のフージェール』」

たったの一体。

何十体ものゴーレムで防ぎきれなかった相手でありながら、立ち向かうのは一体のみだ。

神代術式を前にしてはあまりにか弱い。

だがそのか弱い土人形は、黒の攻撃を拳の一撃で粉砕した。

『よし、よし!!』

「あれは……？」

今までのゴーレムとは違う。そう一目で分かる攻撃力に耐久力、そして何より外見に、コエさんが口許（くちもと）を押さえながら小さくこぼした。

「……女性のゴーレム、ですか？」

そのゴーレムは形から変わっていた。

アンジェリーナの作るゴーレムは大きさも性能もいろいろだったが、見た目としてはどれもつるりとした白磁の体をしていた。だが今、たくましくも女性らしい体つきをした『女のゴーレム』がキルミージの魔術を殴ってかき消している。

もっとも、その表現は半分だけ間違っている。視覚と感知の両方で見てこそ分かることだが、あれは厳密にはゴーレムではない。

「あれは人間だ。土石でできているだけの人間が戦ってる」

熱を生み出す呼吸と代謝。

体内を巡るマナの流れ。

何より、ゴーレムにあるはずのない『戦意』が漲っている。

『ジェリ、せっかくだし魔術比べといこうか。「陰惨」だ』

「はい、マイスター。『陰惨のゲルアン』」

外套をまとった、錬金術師というよりも魔術師然とした老齢の男、だろうか。手にした短杖の先に宿るは、小さくも鋭いマナの矢じり。

「放て」

矢がジグザグの軌道を描いてキルミージへと向かう。阻まんとする黒鞭をすり抜け、最後に立ちはだかった極太の一本を貫いてキルミージの右膝を貫通した。途端、キルミージの膝が炭化してボロリと崩れ落ち、喉の奥から苦痛の声が漏れ出る。

「グ、ガ……！」

「ゴーレムが魔術、いや呪術か？　それもあんな高度なものを……。技術のレベルで勝負になってない」

力の大きさ、総量でいえば神代術式を使うキルミージが圧倒的だ。だがゴーレムが放つ術は練度と精度という点でそれを完全に覆している。

その出来栄えに、黄金の鎖も澄んだ音を鳴らして上機嫌だ。

『よーしよーし、次へ行こう。近めのところで三九代、「妄執」はいけるかい』

「……いけます。参照、『妄執のイエレ』。あ、【技巧貸与】さんたちは耳を塞いだ方がいいかもです！」

直後、超高音の歌声らしきものが坑道を貫いた。後ろ側にいる俺たちですら頭が割れそうなほどのこれが、前方のキルミージたちにどう聞こえているかは想像もしたくない。

『いいね、まだまだ使い切れてはいないけれど光るものはある。僕の娘ほんと天才。さて、ここでマージ君に問題です。フージェール、ゲルアン、イエレ。今の三人、だーれだ？』

「わざわざ聞くということは俺が答えにたどり着けるってことだ。大方、エメスメス家の過去の人物か？」

『なんで当てちゃうの』

そんな不満そうに言われても困るのだが。

ぶつぶつと不平を垂れるロードをよそに、アンジェリーナはさらに手に力を集める。そのマナは今までゴーレムを生み出してきた【泥土の嬰児（ディドミドリゴ）】だけじゃない。何か別のスキルを同時に発動している。アンジェリーナは、ゴーレム作成のほかは【跳躍】しか持っていなかったはずなのに。

「答えが分かっても理屈が分からない。あのゴーレムはなんだ？」

『エメスメス家の秘伝だけど、教えられる範囲で教えてあげる。エメスメス家はダンジョン「紅奢（ぐしゃ）の黄金郷」に備えてきたって話はしたね？』

「ああ、アンジェリーナもそのためにいると」

『全ての鍵はね、ゴーレムなんだ』

ロード・エメスメス曰（いわ）く。

エメスメス家は千百年に亘って知識を継承してきた。ダンジョン攻略に向けて研究し、研鑽し、知恵と力と技を積み重ねた。だが、それだけでは勝てないと気づいてもいたのだ。

その問いはこうだ。

代々の当主にはそれぞれの得意分野があるが、では、知識さえ継承していけば子孫はそれを再現できるのか。

その答えなら俺にも分かる。

「無理だろうな」

『その通り。錬金術と一口に言ってもいろんな術がある。守護術に適した脳、呪術に適した脳、肉体強化に適した脳、薬理学に適した脳、変成術に適した脳……これ、ぜーんぶ違う。健康な脳と体なら全部それなりにできるけど、それなりじゃ極めた意味がない』

だから体ごと作る。

知識も技術もまるごと残し、ゴーレムとして戦いの場に蘇らせる。それがエメスメス家の『戦略』だった。

最後にダンジョンを攻略する当主はゴーレム使いになることを定められていたのだと、ロード・エメスメスはどこか誇らしげに語った。

『未来の第五〇代当主アンジェリーナは、スキルを覚えてるんじゃない。知識を持ってるんじゃない。あれはね、参照しているのさ。エメスメス家が誇る知識と継承のユニークスキル【煌輝千年樹】。僕らは全員がそれを持ち、頭に千百年ぶんの記録を詰め込みながら生きてきた』

「アンジェリーナさんもユニークスキルをお持ちだったのですね……」

『ま、身内以外で知ってるのは統括ギルドのマスターくらいじゃない？　全ギルドの長だね』

「……あの噂話、実話だったんだな」

話を聞いてふと、有名な噂を思い出した。八歳の少女に会いに来た超名門のギルドマスターが、そのユニークスキルに惚れ込んでナプキンに契約書を書いて確保しようとした、という話だ。その子は断ったそうだけど。

真実というやつは意外と身近に転がっているらしい。

「今までこれを使わなかったのは？……いや、使えなかったのか」

当然の疑問に、ロードは『ご名答☆』と錘を揺らす。

『ユニークスキルが発現するのは八歳くらいだよ？　そんな子供にいきなり千百年ぶんの人生を叩き込んだらどうなる？』

思わず前方で悶えるキルミージに目が行った。

「ああなるんだろうな」

『そう、頭がパーンだ。だから当主は自分の子が成長するまでスキルに鍵をかけておく。子供を一人前と認めるか、当主自身の死によって解放される鍵をね』

「鍵を開けたのが今のアンジェリーナ、か。それだと、子供が小さいうちに当主が死んだらどうなる？」

『錬金術師は秘密主義なのさ』

解にたどり着けないなら全て消す。そういうものだとロード・エメスメスはこともなげに語る。

なるほど、子供に知識だけ残しても悪人に利用されたり、あるいは半端者に育って自ら道を踏み外すことは十分にありうる。そうなるくらいなら残された次代を壊して廃人にしてしまおうというわけだ。

そんな合理的だが苛烈な綱渡りを渡りきって、彼とアンジェリーナはここにいる。

『悩んだよー。フランと毎夜毎晩話し合った』

昔を懐かしむように黄金の鎖は揺れ動く。

『ダンジョンが予定より早く発掘されちゃって、ジェリが錬金術師として完成するまでは待てなくなった。選択肢は大きく二つ。未熟なジェリの鍵を開けるギャンブルをするか、いっそ僕らだけで乗り込むか』

「……それで、アンジェリーナに冒険をさせるよりはと自分たちで乗り込んだって言ってたな。結果的にはひとつ目になっているが」

『うん、うん。子供の成長って、親が思うより早いんだねぇ。もちろん今はまだまだ力を使いこなせていないけれど……。大丈夫。今までの努力がジェリを高みに導いてくれるさ』

アンジェリーナは両親を探すために自分を律し、厳しい研鑽を積んできた。それが結果としてここに活きている。

努力が報われたはずの本人はといえば、父の言葉に頬を膨らませているが。

「なんか、仕方なくゴーレムを使わされてるみたいで不本意なんですが。ジェリはゴーレムが最高だからやってます。それ大事です。すごく大事なとこです」

『うんうん、好きこそものの上手なれってね。いいゴーレムを作るようになったじゃないか』

「いいですよね……！　ただこの型のゴーレム、未来の旦那さま候補にはできないのが難点ですね。さすがにご先祖さまと結婚はちょっと」

『……旦那さま？　候補？　え、なんて？』

「でも造形はいい、いいです……。皆さん、生きてた頃より今の方が美形になってますよきっと」

どこか恍惚とした表情でゴーレムの肌を撫でるアンジェリーナ。その目は恋する乙女に近いような遠いような。

ゴーレムも仮とはいえ生命なのだから、遠い未来には人間に生まれ変わる可能性があるはず。そうなったら結婚できるね、というのがアンジェリーナの持論だ。もしやエメスメス家は全員ゴーレムと結婚したがる家系なのかとも思っていたが……。ロードの反応を見るとどうやらそういうわけではないらしい。

「いいですよね、ゴーレム……」

『あー、結果として強いからヨシ！　人間と違って送り狼とか心配しなくていいし！』

「です？」

『よーし、行くんだ愛する我が娘！　これで最後だ！』

「いきます！——参照、四二代『破城のミリア』！」

アンジェリーナの声に応えるように、また新たなゴーレムが地面から生み出された。

女神像。ひと目見て受けた印象がそれだ。

そのゴーレムは、『破城』という言葉からは想像できないたおやかな女性の姿をしていた。だが手には木の棍棒のような物を持ち、その身体からは力が溢れ出して周囲の岩壁を震わせている。その力量は問うまでもない。

今や満身創痍のキルミージにもそれは理解できよう。だが奴に逃げるという選択肢は残されていない。残された全ての触手を白い肢体へと殺到させて絡め取る、が、『破城のミリア』は微動だにしない。

「振り払え」

アンジェリーナの一言で全ての触手がちぎれ霧散した。もはやキルミージを守るものは何もない。

「あ、エ、あ……！」

「破！」

巨人は手にした棒を大きく振りかぶり、キルミージの頭へと叩きつけた。金髪の頭が大きく前のめりになり地へと吸い込まれる。猛烈な勢いで地面へとめり込んだキルミージはそのまま気を失い、剛力で振られた棒はポッキリとへし折れた。破片は激しく回転しながら飛んでキルミージの背中に落下し乾いた音を立てる。

「勝利!!」

静寂の訪れた坑道で、ぐっと小さな拳を握りしめるアンジェリーナ。ゴーレムもまたそれに応えるように微笑む。役目を終えて崩れゆく様すら美しい土人形は、最後に小さく口元を動かした。

『ヤッチマッタゼ！』

「……なるほどですね、マスター。アンジェリーナさんが五〇代目で、今のロードは四九代目でいらっしゃいます。ならば今の方が例の言葉を遺した七代前の当主なのですね」

「女当主だったんだな。そういえばゴーレムとして呼び出した四人中三人が女か。女当主が多い家系らしい」

『ジェリが女の子だから、最初は同性の方が作りやすいと思って選んだだけだねー』

「なるほどな。それにしても、だ」

やっちまったぜ、というのがただの口癖ならいいが。あれだけの力で頭を叩きつけて脳みそは無事なのかとキルミージの容態を確かめてみて、あまりの傷の浅さに首をひねる。両目、右足を失うなど重体ではあるが治癒スキルで命は助かる。肝心の頭も綺麗なものだ。

検分する俺を後ろから覗き込んだアンジェリーナは、満足げに頷いた。

「計算通りです」

「そうなのか。棍棒が折れるほどの強さで殴ったはずだが、この軽傷具合はどうやった？」

「棍棒？」

どこか話の嚙み合わないアンジェリーナ。もしやと思いキルミージの背中に転がっている棍棒の片割れを拾い上げてみて、その正体に合点がいった。

パンだ。

「パンか」

「パンです」

「そういえば、パン屋の店主に日持ちのするやつをもらったな。あれか」

「あれです。もったいないからキレイにしてあとで食べます」

パンは柔らかいもの、というのは街の人間特有の思い込みだ。

保存用のパンはとにかく硬くて重い。俺も冒険者時代によく食わされていたから分かるが、水分がなければ人間の歯など役に立たないほどだ。

「それで岩の地面に叩きつけるのはだいぶ際どいな……」

事実、殴られたキルミージの頭は半ばまで地面にめり込んでいる。相当な威力だったことは疑いようがない。

「いえ、よく見てください。頭の下のところ、もふもふしてますよね」

「岩がもふもふしてるはずが……していいるな」

もふもふしていた。見た目にはごく普通の岩でしかない。だがそれはまるでベッドのようにもふもふとキルミージの身体を受け止めていた。

答えを求めてアンジェリーナに目をやれば、その右手でアズラの手を握っているのが鍵らしい。どうやら『妄執のイエレ』が歌声でキルミージを拘束していた間に繋いだようだ。

「アズラちゃんに合図をして、エンデミックスキルで地面を柔らかくしてもらいました。もともとは自分たちが岩壁に叩きつけられた時に備えての合図でしたが応用です」

「鉱人族のエンデミックスキル、か。あとで詳しく聞かせてもらいたいが、まずは目と耳の治療だな。……【熾天使の恩恵】、起動」

アズラの目と耳を治療し、視覚と聴覚を取り戻させる。痛み消しの暗示も解いてやると、アズラはぱちぱちと目をしばたたかせ、縋りついてくるチュナルを押しのけつつ首を傾げた。

「おや、マージ様も出てこられたのですね。もう戦いは終わりまして？」

「ああ、終わった。俺のスキルのせいで本当にすまない」

「うちを助けてくださろうとしたからこそのことです。何より、我ら鉱人族の危機に駆けつけてくださったこと、感謝こそすれ恨むなどありえませんで」

「お嬢！　お見事でしたお嬢!!」

「ふむ、このチュナルの泣きよう……。どうやら本当に終わったようでして」

状況を半分ほど理解したところで、アンジェリーナがアズラを抱きしめる。その顔にあるのは歓喜か安堵か申し訳なさか、あるいはその全てか。

「アズラちゃんのおかげです、全部、全部……」

「ひとまず、肝要なことをひとつだけ。キルミージめは？」

「あそこのボロ雑巾がそれです」

「はー、これは見事な」

死なない程度にぶっ殺す。それをきっちりと実践したのだと語る赤髪の錬金術師を、アズラもまた抱き返した。

シズクとアズラを頼む。アンジェリーナにそう任せた判断は、どうやら間違っていなかったらしい。

「さて、喜んでいたいのは山々だが、終わったといってもまだ前半戦だ」

ひとまずの勝利を収めたところで、改めて状況を見返す。まず騎士団は撃退した。団長であるキルミージを拘束して指揮系統を破壊したため、当分は妨害の心配をしなくてよい。

となれば本命は『背後』だ。

「『紅奢の黄金郷』攻略、だな」

「マスター、これからすぐ向かわれるのですか？」

「その方がいいと思う。放置するには危険すぎる」

黄金が無限に湧き出すダンジョン。その存在が公になれば、あらゆる国と機関が利権を求めて動き出すに違いない。それで攻略が遅れようものなら取り返しのつかない事態になってしまう。

俺たちの手で攻略するべきだ。長い戦いを覚悟した俺の肩を、しかし鎖の錘がつついた。

『あー、マージ君？　ずっとバタバタしてて言い損ねてたんだけど……』

「どうした？」

『僕ら、全員死ぬと思う』

「……なんだって？」

あまりに唐突な宣告に思わず聞き返した。全員死ぬとは一体。

『あ、しまった。端的に言い過ぎるのは錬金術師の悪い癖。めっ、めっ！　でね？　僕、鎖になってる間にあらゆる可能性を計算したんだ』

「ああ、言っていたな。それが？」

錘はチリリと音を立てながら、口を開いたままの『紅奢の黄金郷』を指し示す。

『あれはもともとジェリが攻略するはずだったダンジョンだ。あと何十年もしないうちに魔海嘯を起こすところだったんだよね。そうなる前に攻略するのがエメスメス家の使命でしたと』

魔海嘯、あるいはダンジョンブレイク。成熟しきったS級ダンジョンの中身が地上へと溢れ出し、周辺一帯がヒトの生存を許さぬ魔境と化す激甚災害だ。

超S級とすら言われる『紅奢の黄金郷』であればその被害は計り知れない。エメスメス家が長い時をかけて備えたのも、突き詰めれば魔海嘯（マカイショウ）を防ぐための一点に集約できる。

しかし、とアズラが口を挟む。

「エメスメスの当主様。だからといって今日明日に起こることでもないのでは？　なぜ今その話をされまして？」

魔海嘯（マカイショウ）の直前には中の魔物が少しずつ外に出てくるなどの兆候がある。狼の隠れ里の『蒼（あお）のさいはて』が好例だろう。

それが見られない以上、魔海嘯（マカイショウ）が近いといっても月単位、年単位で先の話になるはずだ。

『うん、そのはずだった』

「はず、だった？」

はず『だった』。

不穏な表現に頭が巡る。俺が持っている情報を組み合わせてみて、ふと、最悪の可能性に思い当たった。

「まさか」

『ダンジョンってゆっくり力を高めて成長していくものじゃん？　でもさ、さっき中にぶっこんじゃったんだよね。普通なら何十年、何百年分って量の「神代のマナ」をさ』

やばいよねー、と、おそらく人間のままなら目だけ笑っていない顔で言っていたろうロード・エメスメス。彼との付き合いなど短いものだが、それでもこの手の人間ですら笑えない時がどういう時かは理解できる。

キルミージが使っていたのは神代の魔術。その力は現代のものの比でないほど強力であり、ああも何発も流し込めばダンジョンに影響を及ぼすことは想像に難くない。

「俺のスキルのために、か」

『ところがどっこい、そうでもないんだ。言ったろう？　ドワーフたちに早く掘り出されたせいで色々おかしくなって、いつ魔海嘯（マカイショウ）が起きていても不思議じゃなかったって。そこを僕が内側からバランスをとって抑えていただけでね。あれだよあれ、水が盛り上がるやつ』

「水が、盛り上がるやつ？」

『盃（さかずき）に水を入れていくとそのうち溢れるでしょ？　でも、丁寧に注いでいけばフチのところで盛り上がって少しだけ多く入る』

「ああ、あれか」

『子供の時、そこにコイン入れていって溢れた方が負けのゲームやったよねー。で、僕には盃そのものを大きくするほどの力はなかったから水をがんばって盛り上げてたわけだね。魔物が外に行くこともなかったと思う』

そうしてスレスレのところで耐えていたダンジョンが、今の戦闘で決壊する。

『難しいといえば難しい状況だったんだ。もちろん魔海嘯（マカイショウ）の前に攻略できれば言うことないよ？　でも、中で激しく戦えばそれだけで魔海嘯（マカイショウ）が起きちゃうかもしれない。かといってゆっくりじっくり進めば時間的に間に合わないかもしれない』

中にいる時に魔海嘯が起きるなど想像したくもない。巨大ダンジョンの中身が一気に吐き出されるのだ、そんな大津波の中で何かできようはずもない。

続きはアンジェリーナが継いだ。

「どっちにしろ、魔海嘯させるしかなかったかもしれないってことですね。外に出てきた『王』を仕留める前提で」

もっとも、歴史上で魔海嘯後に『王』を仕留めた記録はひとつしかないのだが。それも二千年以上前の賢者が成し遂げたという半ば伝説のようなもの。魔海嘯は起きてしまえばどうしようもないというのが定説で常識だ。

『それも想定に入れてエメスメス家の計画は組まれてるからへーキへーキ』

「最悪の場合、って枠ですけどね」

「なら、ここは……」

話を進めていたところで、不意にアズラが小さく挙手した。

「あのー、うち、さっきまで目と耳がなかったので話が見えてきませんでー。よければ簡単でよろしいので説明をいただきたくー……？」

「あ、言われてみればそうですね」

アズラのどこか拍子抜けした質問に、長く張り詰めて疲弊しかけていた空気が少し緩んだ。

状況も複雑になっている。ここで少し整理するのもよいだろう。

『やめといた方がいい気もするけど、そこ渋ると逆に遅れそうだからさくさくっとよろしく』

「コエさん」

「はい、マスター」

コエさんが一歩前に出て、主にアズラに語って聞かせる。

「アズラさんたち鉱人族(ドワーフ)が発見された『紅奢(ぐしゃ)の黄金郷』は非常に危険なダンジョンでした。それを予期し、先祖代々備えていたエメスメス家の方は皆様の目を盗んで攻略を開始。しかし半ばで行き詰まり、あの姿となってしまいました」

『いえーい』

「一方、アズラさんたちも騎士団にダンジョンを知られることに危機感を抱き、狼人(ウエアウルフ)に助けを求めました。王であるマスターはヴィタ・タマを訪問して騎士団からアズラさんを救出し、ダンジョンへ踏み込んだ先でエメスメス家の方と遭遇。彼らを救助してここに戻り、ダンジョンを狙う騎士団を撃破して今に至ります」

「なるほど、そういうことでして。これはこれはお分かりやすく」

「騎士団の介入により紆余曲折(うよきょくせつ)はありましたが、全体としてはそこまで複雑ではありませんので。しかし騎士団に奪われたスキルによりダンジョンにマナが流し込まれ、エメスメス家の方によって保たれていた均衡が破られました。魔海嘯(マカイシヨウ)は遠からず起きるでしょう」

「ありがとう、コエさん。さすがだね」

　コエさんの説明は実に端的だった。十分だと思ったが、横で黄金の鎖がふるふると左右に揺れている。

『惜しい。一箇所間違ってる。少なくとも正確じゃない』

「貴方(あなた)は外での出来事はほとんど知らないはずだろ？」

『うん。だから最後のとこ。魔海嘯(マカイショウ)は遠からず起きるってやつ。……うーん、端的すぎても伝わらないし、かといって迂遠(うえん)に説明すると長くなっちゃう。ごめんねー、おしゃべりは好きなだけでヘタクソなんだ、僕って』

「じゃあ、ロード・エメスメス。端的かつ正確に言ってみてくれ」

『今、起きる』

2．魔海嘯（マカイショウ）

『今、起きる』

「ッ、【泥土の嬰児（デイドミドリゴ）】、起動！　ドワーフさんは頑丈だから投げていいです！」

言葉の意味を理解したのは、おそらくアンジェリーナが一番先。手を地面について通常のゴーレムを数体生成し、周辺のドワーフたちを全て俺の方へ放り投げる。

続いて俺。同時にアンジェリーナの意図を理解して、全力で叫んだ。

「全員、俺の近くに寄れ！　【森羅万掌】で【空間跳躍】の範囲拡大、起動！　それとロード・エメスメス」

『うん？』

「もっと端的を信じてくれていい。伝わるから」

『分かった！』

強引なのは百も承知。【範囲強化】の上位スキル【森羅万掌】で俺の周辺全てを対象に取り込みつつ飛距離も伸ばし、一気に上へ。

今の俺は知恵のスキルを失っている。ただでさえ人数が多く距離も長い跳躍など、目標が地上では建築物などが多すぎて演算が追いつかない。速度を重視して障害物の少ない街の上空に出たが……。おかげで自分たちがさっきまでいた場所がとてもよく見える。

その、未だ目にしたことのない光景に、目にしたそのままが口をついて出た。

「山が、火を噴いた……!?」

『さーて、戦闘開始だー！』

「あーもう、パパはいっつもギリギリになって言うんですから!!」

人間滅亡の危機すらギリギリで言うとは器が大きい。

ともあれぼやいていても始まらないらしい。

「コエさん、俺たちもやろうか」

「はい、マスター」

「魔海嘯、攻略開始だ」

出たのが空中なのだから当然落ちる。落下しだした俺たちの後方、アズラの身体からマナが渦巻くのを感じた。

「——火と鉱とに奉る。【命使奉鉱】、起動。聞こえまするか石たちよ、眷属らの足を守り候え」

アズラに応えて柔らかくなった石畳に着地しつつ現在地を確かめる。俺たちが逗留していたエメスメス邸からさほど遠くない場所、例のパン屋とは反対方向のようだ。

周囲の住人たちはといえば、空から降ってきた俺たちなど気にする余裕もないといった様子。いきなり火を噴いた鉱山に驚いて今は立ち止まっているが、すぐにでも恐慌状態に陥るに違いない。

行動は迅速にすべきだ。状況は至急で混沌（こんとん）としているが、やることは単純。俺は周囲に指示を飛ばす。

「山が火を噴いたら街の危機ってことは誰でも分かる。人間の住人の避難は衛兵や残りの騎士がどうにかするだろう。問題は……アズラ！」

「はい、マージ様」

「暗示をかけられて街で生活しているドワーフと、地下の危険な場所にいるドワーフ。彼らの避難を任せていいか」

「ダンジョンの入口は今は使われない旧坑道だったゆえ、噴火に巻き込まれた者はおりませぬ。あとは新坑道の者を逃がしましょう。聞きましたね、チュナル。皆を率いて民を守りなさい。うちはドワーフの族長名代として攻略に加わります」

「お嬢!?　しかし私はお嬢の付き人ですし、指揮ならもっと年長の者が」

至極もっともなことを言うチュナルを、しかしアズラは途中で遮る。

「できないのなら結構。チュナルならできると思ったのですが」

「え、いや、やります！　できますとも！　しかし……」

「第一、この場にお前が残って何ができますか。さあさあ早く！」

慌てて駆けてゆくチュナルの背中を見送り、アズラはため息をひとつ。

「あぁでも言わねば、うちから離れようとしませんで」

「事情は察するが、指揮を任せて大丈夫なのか？」

「チュナルはうちがやれと言われればなんでもやるし、できます。それだけは確かなこと。二万三〇〇〇のドワーフ全てから選べと言われても、うちはチュナルを選びまして」

でなくては付き人など任せない、となぜか憮然(ぶぜん)とした顔で言うアズラ。過保護な兄でも持った妹に見えてくるがそれはそれ。

これで民間人の避難は任せられる。あとは一秒でも早く山――地下に鉱山が広がる岩山――へと向かうのみだ。

「いえ！」

「【空間跳躍】、起動。キルミージは俺の方で預かるが、アンジェリーナも来るか」

なぜか顔面から着地していたアンジェリーナは起き上がって焦げたローブを整えると、まっすぐにエメスメス邸の方を指差した。黄金の鎖もアンジェリーナに追従している。

「ジェリは実家(ウチ)に向かいます！　シズクちゃんがたどり着けていれば動かしてる仕掛けがあるはずです！」

『ああ、あれね。マージ君たちは最初に噴き出してくる魔物の方をお願いできるかい？』

「後から出てくる『将』や『王』への対策があるってことだな。分かった、シズクと合流して……いや」

「です？」

「シズクに伝言してくれ。『全速力で里に戻り、ベルマンにここで起きたことを知らせろ。

「アビーク公に作った借りの分だ」と言えば伝わる』。これをそのまま頼む」

「合点承知」

「狼人族（ウェアウルフ）の代表としての仕事は、俺がやる」

「それとアズラちゃんもこっちでもらっていいです？　シナジー、いけそうなので」

「ああ、頼む。こっちは身軽な方がよさそうだ」

改めて山の方を見やる。今や噴き出す火には黄金が混じり、溶湯、あるいは冷え固まった拳大の塊となって街に降り注いでいる。高さに比重の大きさも加わってまるで砲撃の雨だ。

今は家の屋根に穴が開く程度でも、もっと大きい塊が落ちてくるようになれば街は全壊する。魔物まで押し寄せれば街の再建すら困難になるだろう。

「コエさん、行くよ」

「はい、マスター」

「【空間跳躍】、起動」

行き先は山の上空。

空中に出て落下しながら、俺は右手を前方の噴火口へと翳（かざ）した。口がひとつならば『これ』が使える。コエさんと二人で旅していた頃、天幕（テント）の周囲に近づく魔物を撃退するために編み出した合わせ技だ。

「【空間跳躍】【森羅万掌】、起動」

噴火を地下に飛ばす。

噴火口全体に蓋をするように【空間跳躍】を広げてゆく。

「続いて【星霜】、起動。【空間跳躍】の持続時間を伸ばし、噴火口の真上に固定する。ッ、なるほど、知恵のスキルが欲しくなるな、これは」

あまりの負荷に脳が悲鳴を上げるのを無視して【空間跳躍】を設置した。これで仕掛けは整った。

旅で使っていた時は仮で逆落としなんて呼んでいたが、あえてつけるなら。

「『制空陣(セイクー)』、循環開始」

仕掛けが動き出したのを確かめて治癒スキルを起動する。脳が破裂して保護領域行きになるのは免れたようで安心しつつ、目から流れた血を拭ってくれるコエさんを抱きかかえて【阿修羅(あしゅら)の六腕】で着地した。

上空ではダンジョンから噴き出した火がことごとく座標を移動させられてゆくのが見てとれた。

「成功、かな」

「ご無理が過ぎますマスター。それにしても、あれは以前に見せていただいたものを？」

「そう。噴火口の真上に【空間跳躍】を置いておく。魔物を空高く飛ばしたのとは反対に、今度の出口は『下』に設定してあるけどね。あれは地下行きの扉だ」

ダンジョンの中身全てをはるか彼方(かなた)の星の海まで飛ばすなど経済的でない。かといって近くに手頃な湖などがあるかというと、そういうわけでもない。

ならば。山から噴き出す火を、そのまま山の中に『戻す』。こうすればしばらくはただただ循環するのみで、火が街を焼くことは心配しなくてよくなる。

「残るは魔物だ」

循環する火は勢いを増して中の魔物たちすらも焼いている。それでもざっと見るだけで数百の魔物が火口から這い出し、人間を求めてヴィタ・タマを目指して山を下り始めていた。

先頭をゆくサラマンドラの一群に右手を翳し、力を籠める。

「【亜空断裂】、起動。今さらあの程度の敵に手こずるわけにもいかない」

「はい、マスター。どうぞ存分に」

頭で処理できる限りの魔物、数百体を数千の肉片に変えてゆく。まだまだ出てくるだろうが俺のいる一線を越えさせなければいい話だ。

火と魔物の問題はこれでいい。次の問題は、と考えたところで大地が揺れた。

「ッ」

「マスター、これは……!?」

地震ではない。サラマンドラたちですら浮足立つほどの、これは『声』。

「咆哮、だ」

答え合わせをするように、火の中から『それ』が這い出してくるのが見えた。まだ影がちらりと見えたのみだが他の魔物と格が違うのは一目で分かる。

コエさんの声に緊張が混ざったのが、俺にもすぐに分かった。

「……疑うわけではございません。しかし、アンジェリーナさんには本当に策があるのでしょうか？」

「あると言ったんだ。なら、あるのさ」

大きい。その一言に尽きる。アンジェリーナが里にやってきた日に乗っていた大型ゴーレムと同等の威容だ。

人間の使う【空間跳躍】などでは決して飛ばせない巨軀の影が、火口からゆっくりと姿を表そうとしていた。

――クゥルルル……！

その巨体は、竜の姿をしてはいた。だが腕と首はあまりに太く屈強で、全体に流線形をした軀体でしなやかに動く姿はどこか水棲生物を思わされる。黒ずんだ赤の鱗で体を覆っているのは竜種の例にもれない特徴だろう。

「ニーズヘッグ、に近い。地底深くに棲むとされる『怒り嚙み砕く竜』。たぶん火のダンジョンの影響を受けて変化した亜種だ」

「あの口にあるのは、やはり」

「ああ、『パパからのお土産』だ」

鮫のそれに似た口には、あの朱竜の頭が咥えられていた。ダンジョン入口近くに置き去りにされていたものを拾ったのだろう。巨竜が顎に力を籠めるとバキリ、と鈍い音が鳴り、神代魔術でも貫けなかった頭はまるで卵でも噛み割るようにこちらに粉砕する。

破片を飲み下した巨竜は、次の獲物を求めるようにこちらに視線を向けた。

「……本当に、あの朱竜は『将』でしかなかったんだとよく分かったよ」

ロード・エメスメスが縛り付けていたあの朱竜は、S級下位のダンジョンであれば間違いなく『王』の器だった。あれほどの威容を誇った竜がダンジョンの途中を守る門番にすぎないという事実。

頭で理解はしていても、冒険者としての経験が「そんなことがあるものか」とどこかで叫んでいたのだが……。実物を目にしてやっと実感が伴ってきた。

「あの朱竜の六倍、いや八倍はある。力量の差も相応か」

「いかがしますか？」

「大きさならアンジェリーナの最大型ゴーレムと互角だ。殴り合うところを見てみたかった気もするが、準備に手間取っているなら俺たちで相手をしよう」

「はい、マスター」

コエさんが後ろに下がると同時、悠然とこちらを見下ろしていた巨竜の気配がわずかに揺らいだ。それはわずかな攻撃の予兆。

「ッ！」

来る。直感した次の瞬間には不揃(ふぞろ)いな牙がもう眼前にあった。家の一軒は軽く収まるだろう巨大な口が迫りくる。回避はできない。遥(はる)か後ろのアンジェリーナたちにまで余波が及ぶ。

「【阿修羅の六腕】、起動！」

六腕全てを左に集め、巨大な顔面を横殴りに叩きつけて力を右方向に弾いた。空へと逃がした力の行方を目で追って思わず呟く。

「……豪快だな」

ただの噛みつき攻撃であるはずのそれは、右上方、はるか空高くにある雲を削り取った。大きく削り取られた雲間から覗く空は抜けるように青い。

圧倒的な威力、それに攻撃範囲。一度でも食らえば人も街も奴の胃の中に収まる。

「なら口を開かせなければいい。【潜影無為】、起動」

——ク？

姿を消し、体勢を崩した巨竜の顔に迫る。こんな偽装など一呼吸もせず見破られるだろうが、それだけあれば時間は十分。

「【阿修羅の六腕】、挟め」

肉薄すると同時、俺は六腕のうち二腕で巨竜の口を上下から挟み込んだ。最上位スキルと言っても所詮は人間の技。しかし巨竜は振りほどけない。

「口を『閉じる力』と『開ける力』っていうのは、使う筋肉が違うからな」

朱竜の頭を砕くほどの咬合力。それを受け止めるなど【阿修羅の六腕】をもってしても不可能だろう。だが頭の大きさが決まっている以上、口を閉じる力が強いなら開く力は弱くなるのが道理なのだ。

「当然、口は開かなければ閉じられない。悪く思うな」

突然消えた相手に突然開かなくなった口という状況が、ほんのわずか、瞬き一回に満たない時間だけ巨竜の意識に空白を作った。

そこに残り四本の腕で連打の嵐を打ち込む。左右から殴れば衝撃は中央にとどまり続け、いくら鱗が堅牢でもダメージは蓄積していく。

——カ……！

角にヒビが入り、鱗は剝がれ落ち、牙が折れて弾け飛ぶ。やがて頬骨が砕ける音とともに巨竜の顎が大きくのけぞった。

「そこか」

首の中央、喉の辺りに鱗が薄い箇所を目視で捉えて右手を翳す。使うのは発動に一瞬の溜めがある【亜空断裂】。高位の相手にはその溜めゆえに避けられることもあるスキルだが、今なら確実に当てられる。

「【亜空断裂】、起動」

バツン、と鈍い音とともに巨竜の首が半ばまで切り裂かれた。

一撃必殺とはいかずともたしかに効いている。ならばもう一度当てるだけのこと。

力を溜めた俺に向けて、しかし地上から声が上がった。

「回避を、マスター！」

「ッ、【空間跳躍】、起動！」

地上からのコエさんの声に攻撃を中断、距離にして二〇歩ほど離れた場所へ後退した。念のため大きめに回避したつもりだったが、それでギリギリ。

巨竜の攻撃ではない。もっと、もっと大きい。

一本一本が俺の背丈ほどもある牙が、俺の目の前をかすめていく。

——クル、カァァ……!!

「巨竜が、喰われてる……！」

巨竜の頭が、さらに巨大な口に咥えられていた。

竜の頭すら噛み砕く竜。その頑強な頭がベキベキと音を立てて潰れ、夥しい量の鮮血が滝のように地上へ降り注ぐ。上には上がいると昔の誰かが言ったそうだが、こうも分かりやすいものか。

もし後退していなければ俺も一緒に口の中だ。

「ご無事ですか、マスター」

「ああ、ありがとう。助かったよ」

「しかしマスター、あれは一体……」

「ロード・エメスメスが縛っていた朱竜は『王』並の力を持つ『将』だった。あの巨竜、ニーズヘッグの亜種も同じく『将』でしかなかったってことだ」

ダンジョンに『王』は一体だ。だが上位のダンジョンであれば『将』は何体もいることは珍しくない。より奥に行くほど強力な『将』が待ち構えているのも言わずもがなだ。

　本来ならあの朱竜の先に、巨竜という規格外の『将』がいたというだけのこと。コエさんのところに降り立ち、噴火口を指差す。

「見てごらん。もう後ろから魔物が出てこない。奴が最後尾だ」

「つまり、どういうことでしょうか」

「今度こそ『王』のおでましだ」

　地上から分かるのは、それが二足で立つ竜種だということ。全身を覆う鱗の色は迷宮の主にふさわしく曇りなき真紅。どれほどの大きさがあるのだろうか、あまりに高い場所にあって顔は見えない。

「いかがしますか、マスター。スキルや魔術が通じるのでしょうか」

「通じない。俺がいくらか殴ったところで、奴にとっては虫に咬まれるようなもんだろうさ」

「では如何に？」

　攻めるか、退くか。巨大すぎる『王』を前にコエさんが尋ねるが、俺の返答はどちらでもない。

「どうもしない」

「と、言いますと？」

「どうやら、エメスメス家の予測は本当に正確らしい。街の方を見れば分かる」

「あれは……?」

振り返る。最初の噴火で少しばかりの火事が起きたのだろう、数筋の煙が上がる鉱都ヴィタ・タマの、その一角。俺たちから見てやや右手よりの住宅街に白い何かが姿を現した。

「なるほど、大きい敵がいるから大きい武器を用意する。合理的だ」

目の前の『王』と比肩する大きさの人形がそこにいた。

3.『待ちぼうけの大賢老』

それは巨大な、あまりに巨大な白磁の人形だった。足元に並ぶ家々が玩具のようだ。

　ゴーレムの周囲には黄金の鎖が取り巻いてキラキラと輝きを放っている。遠くから聞こえる声は金の鎖、ロード・エメスメスのものだ。

『エメスメス邸の庭にあるやったらめったら大きくて邪魔くさい工房風の建物……。あれは偽装した仮の姿。その正体は、四二代当主が『一体で歴代当主全ての特技を扱える究極のゴーレム』という理想を掲げ、ついに完成させるも巨大すぎてダンジョン攻略に使えないと気づき、「やっちまったぜ！」という言葉とともに遺した土人形の頭だったのだ……』

地面が二つに割れる。人形が立ち上がり全身が顕になる。文様を刻まれた白磁の巨体が軋みを上げ、雲間から差す陽光を反射して白く煌めく。

巨大人形には声を発する機構も組み込まれているらしく、内部にいるらしい人物の声が響く。それは賢さの中に幼さが残る少女の声。聞き馴染んだ赤髪の錬金術師の声。

「迎撃人形の第十六番！　最終防衛機構『待ちぼうけの大賢老』、起動です！」

その大きさはまさしく天を衝くが如し。アンジェリーナが以前に作っていた大型ゴーレムなど比較にならない大きさの巨体が、街のただ中に仁王立ちしている。アンジェリーナたちは頭にある工房風の建物で操っているようだ。

ダンジョンの『王』もその威容を脅威と認めたらしい。山肌を削るように大地を踏みしめ、街へと向き直り睨み合う。なるほど、あのゴーレムであれば互角以上の戦いができると見積もりつつ、ひとつ『大きな問題』があることに気がついた。

「コエさん、俺の傍に！」

「はい、どうされました？」

「ゴーレムは使用者の所持スキルを反映できる。ということは、だ」

コエさんを抱きかかえ、近くに転がっていたキルミージも引っ摑んで空を睨む。同時に巨大な影が辺りを覆った。雲が吹き飛ばされて晴れたはずの空を黒く染めたのは、今の今まで街のはずれに立っていたはずの白磁の巨体。

「【跳躍】、起動！」

「【空間跳躍】、起動！」

大きく飛び上がるスキルで一足に跳んできたゴーレムを、とっさに座標をずらして紙一重に躱した。それまでいた場所が白磁の足の下敷きになってもうもうと土煙を上げている。コエさんも自分がぺしゃんこに潰れるところを想像してか珍しく引きつり顔だ。

「……ありがとうございます、マスター」

このゴーレム『待ちぼうけの大賢老』に伴う『大きな問題』とはすなわち、動き回るだけで足元が更地になるということ。そんな巨体で街を踏み潰しながら戦えばのちのち面倒になるというのは分かる。だから町外れの山にいる『王』の元へ、自分から跳んで向かうというのも分かる。

分かるが。

「俺たちにはお構いなしか、アンジェリーナ！」

あちらの声が聞こえるだけかと思ったら、どうやらこちらの声も拾えるらしい。ゴーレムの顔が心なしかこちらを向いた。そんな機構まで組み込まれているとは流石エメスメス家、千百年の歴史は伊達じゃない。

「【技巧貸与】さんは殺したくらいじゃ死なないので、すみませんが遠慮なく殺します！」

「今までだいぶ気を遣ってくれていたのは分かった」

両親を探すという目的を隠して俺の元へやってきたアンジェリーナ。自由奔放に振る舞いつつも、やはり俺の不興を買いすぎるような行為は無意識に避けていたのだろう。

目的が達せられたことですっぱりと態度が変わるのはむしろ流石と言うべきだ。

「……やっぱりダメです？」

「いいや、それでいい。存分にやれ」

「【技巧貸与】さんのそういうところ大好きです！」

『ちょっと親として聞き捨てならないことを聞いた気がするんだけど!?』

ゴーレムにまとわりついた黄金の鎖が叫ぶが、それをかき消すように巨石の右腕が大きく振りかぶられた。開戦を告げるのはこのゴーレムを創り出した張本人。

「『破城のミリア』の右拳！」

対する『王』は翼を大きく広げて迎え撃つ。葉脈にも似た赤い筋が巡る巨大な両翼は動くだけで暴風を巻き起こした。赤の脈がマナを循環・増幅させる回路の役割を果たしているのか、即座に右腕へとマナが収束してゆく。力漲(みなぎ)る右手が、白磁の右手を迎え撃った。

右と右の打ち合いは互角。大きくたたらを踏んだゴーレムに、尾の一撃が降り掛かった。

即座に巨大な防壁がゴーレムの頭上を覆う。

「『窖(あなぐら)のルーデル』の寝床！　ぐ……ッ!!」

『さっすがに重いねぇ』

マナの障壁と尾がかち合う。猛烈な衝撃波が地上を薙(な)ぎ払う。体勢を崩したゴーレムの右肩を、すかさず『王』の顎が噛(か)み砕いた。

形勢はやや不利。大きさと膂力(りょりょく)が同等であるなら、自らの体で戦う『王』と巨体を操るアンジェリーナとの反応速度差がそのまま有利不利となって現れる。ゴーレムは直立を維持できず巨大な膝をついた。

「マスター、アンジェリーナさんを信じないわけではありませんが、やはり……」

「分かってる。エメスメス家の計画は『錬金術師として完成したアンジェリーナ』を前提に組まれてるはずだ」

今のアンジェリーナだと不足があってもおかしくはない。

動かぬはずの山が動き、揺れないはずの大地が揺れる。そんな戦場にアンジェリーナの声が響く。

「いくら予定通りの戦いでも、今のジェリにぶっつけ本番で『王』相手は無茶……。んなこたー分かってるんですよ！」

叫んだアンジェリーナは、膝をついたまま左手を地面へと突っ込んだ。

「だから『予定外』を使います！　アズラちゃん!!」

「【命使奉鉱(メイシホウコウ)】、起動。こんな大きいのは初めてでして……！」

地中からメキメキと何かの音がする。どうやら左手の先に何かが集まっているようだが、それはつまり地に手をついた格好のまま敵前にいるということ。

それを『王』が見過ごすはずもなく両の爪を振りかぶった。八本の爪がすぐさまゴーレムの頭部めがけて叩(たた)き下ろされる。必殺の一撃は、しかし半ばで勢いを殺されて止まった。

キラキラと光る鎖と刃が爪を受け止めている。

「パパ！」

『【神刃(サンミヨウ)／三明ノ剣(ツルギ)】、起動！　娘の顔に傷などつけてなるものか……！　けど、もって五秒……！』

強靭(きようじん)なマナの刃といえど『王』の爪にはやや及ばない。一本、また一本と、パキパキと音を立てて砕けてゆく。

『あ、そろそろ鎖もやばいかも。切れる切れる切れるアズラちゃん切れる』

「必死で作業してる職人を急(せ)かしてもいいことないですから黙ってるです！」

『娘が反抗期。がんばるけどね！』

これは、まずいか。

加勢すべき。そう考えて動こうとしたところで、不意に『戻ってくる』感覚があった。使うならこちらだとコエさんを振り返る。

「【技巧貸与(スキル・レンダー)】、起動。債務者はロール・オール・エメスメス、貸与スキルは……【斬撃強化】だ。ポイントは多めに渡していい」

「はい、マスター」

【債務者の承認を確認。貸与処理を完了しました】

『おお!?』

貸与が完了すると同時、切れ味を増した刃が『王』の爪の一枚を切り裂いた。さしもの『王』も攻撃の手が緩む。時間にしてひと呼吸かふた呼吸程度だが、高速の戦場においてそれは十分に長い。

「ジェリ様、存分にお使いくださいませ」

「いきます！」

ゴーレムが立ち上がる。左手を大きく掲げると、まとわりついた土砂がガラガラとなだれ落ちて土煙を上げた。

手に握られていたのは巨大な、それはもう巨大な、城のひとつは一撃で叩き潰せそうな大金槌(かなづち)。無骨ながらに機能美を備えた黒鉄(くろがね)色のハンマーが陽光を受けて煌めいている。仕事を終えたアズラの息を切らせた声が、その輝きが渾身(こんしん)のものであると物語っていた。

「金槌を抱いて生まれるとすら云(い)われるうちら鉱人族(ドワーフ)。その歴史でもっとも重く大きい得物でありますれば、打ち砕けぬものなどございませんで」

「いきます！　『鍛鉄のブラウン』の槌撃(ついげき)!!」

おそらくは金属の扱いを極めた当主で、鍛冶や錬金に秀でたゴーレムになったのだろう。

よもや鉄を打った経験の方で呼び出されるとは思わなかったに違いない。

どうあれ、やることが単純だと手も貸しやすい。大いに結構だ。

「ダメ押しといこう。【技巧貸与(スキル・レンダー)】、起動」

【債務者：アンジェリーナ・エメスメス　貸与スキル：腕力強化】

スキル【腕力強化】を加えた巨大かつ重厚な振り下ろし。『王』の堅固な鱗(うろこ)を力ずくで叩き割った。先に右肩を嚙み砕かれた意趣返しとばかりに、こちらも右肩を叩き伏せる。

叩き砕く。叩き潰す。

これで損傷は五分と五分。ただし生物には痛覚がある。

『効いてる！』

「全身を鎧(よろい)で覆った相手なれば、斬るより叩けが常識でして。相手が鎧を砕かれるなど予想だにしていないなら一層のこと」

「畳み掛けます！　『陰惨のゲルアン』の魔術にて拘束制動！　並行して『薬研のフェルメール』の毒素で回復を阻害！」

『そして打つ！』

打つ、打つ、打つ。

「叩く！　叩く！　叩ーく!!」

いかに強力な攻撃でも繰り返せば対応されるかもしれない。その前に倒そうというのだろう、アンジェリーナは攻撃の手を緩めず打ち続ける。ならばこちらもそれに合わせるまでのこと。

「【技巧貸与(スキル・レンダー)】、起動。あれだけ派手に使うのなら、数を貸す分にはまったく問題ないだろうさ」

スキルポイントはスキルを使うほどに増えるのが世の理(ことわり)だ。いくら暴利であっても成長量がそれを上回れば問題なく、人間では疲れもすれば眠りもするから限界があるところ、石でできたゴーレムにはそれすらない。上乗せできるだけ乗せてやろう。

【債務者：アンジェリーナ・エメスメス　貸与スキル：疲労耐性】
【債務者：アンジェリーナ・エメスメス　貸与スキル：打撃強化】
【債務者：アンジェリーナ・エメスメス　貸与スキル：刹那の閃(ひらめ)き】
【債務者：アンジェリーナ・エメスメス　貸与スキル：鷹(たか)の目】
【債務者：アンジェリーナ・エメスメス　貸与スキル：黒曜】

スキルが積み上がる。比例して大金槌の一撃もまた重くなってゆく。『王』は全身から青い血を噴き出しながら一歩また一歩と後退し、ついに山肌に背を預けた。

一方のゴーレムは右腕の修復も完了している。左腕のみですら壮絶の一言だった大金槌。

それを、万全の両手で大上段に振り上げた。

「【命使奉鉱(メイシホウコウ)】、再起動。聞こえまするか黒鉄よ、どうか重く重く、どうか硬く硬く、何よりどうか強く、さらに強く強く強く」

大金槌の形状がバキバキと音を立てて変わってゆく。大きさと鋭さを増し続ける鉄槌(てっつい)が狙うは一点。『王』が必死に守る急所、脳天のド真ん中。

「エメスメス家の計画は自分たちだけで完結するものでした。でも実戦ってのはですね、あるものは全て使ってナンボなんです！」

アンジェリーナは以前に『軍隊』と戦った経験がある。アビーク公爵の軍を食い止める役目を引き受けた時のことだが、公爵軍は巨大なゴーレムを見るや水を使って足元を緩めてきたりと臨機応変かつ柔軟に対応してみせた。

言うまでもなく、公爵の軍を構成するのは普通の人間たちだ。そんな集団にゴーレムが手を焼くなど想像もしていなかったアンジェリーナは大いに衝撃を受けたという。

「起動してくれたシズクちゃんに武器をくれたアズラちゃん、何よりここまで連れてきてくれた【技巧貸与(スキル・レンダー)】さん！　計画になんて微塵(みじん)もなかった人たちの、これが重みです！」

鉄槌が振り下ろされた。圧倒的な巨大さでありながら蜂のごとく鋭く速い。満身創痍(まんしんそうい)の『王』に回避などできるはずもなく、狙いはあやまたず吸い込まれるように直撃した。あまりの威力に土煙が舞い上がり視界を覆う。

『やった!?　これ勝ったよね!?』

ロード・エメスメスの声だけが響く中、感知スキルを走らせた結果にすぐさま叫んだ。

【債務者：アンジェリーナ・エメスメス　貸与スキル：脚力強化】

「跳べ、アンジェリーナ！」

「ちょ、【跳躍】、起動！」

ゴーレムの巨体が宙に浮いた瞬間、一閃（いっせん）の青炎がその下半身を消し飛ばした。遅れて飛来したのは甲高く切り裂くような竜の咆哮（ほうこう）。

——コォォォォォオオオオオオ！

土煙の向こうから聞こえるこの声は『王』が健在であることを示している。全身の鱗を砕かれ、翼は空を舞う前にへし折られてなお、溢（あふ）れ出す力は全く衰えていない。

その力の根源は頭、いや、喉の奥にあった。状況を理解したアンジェリーナの声が小さく震えている。

「息吹（ブレス）攻撃……！」

翼を犠牲にして大槌を受け止めた竜は、翼から引き上げたマナを凝縮して放った。それがあの青炎の正体だ。ゴーレムが寸前で跳躍していなければ全身が跡形も残っていなかったに違いない。それほどの火力、それほどの神秘を前にして、俺とロード・エメスメスの意見は図らずも一致した。

『おかしい』

「アンジェリーナ、何か来るかもしれない。追撃だけでなく周囲に気を配れ」

「えっ、えっ？」

『竜の息吹（ドラゴンブレス）を、舐めちゃいけない』

たしかに常識外の威力ではあったが、それはあくまで人間基準の話。竜という種族が繰り出す渾身の攻撃があれで終わりのはずがない。

「マスター、魔物の雰囲気が……!?」

「『王』らしい力、だな。最後の悪あがきと呼ぶには少しばかり厄介だ」

『魔海嘯（マカイショウ）』によってダンジョンから地上へ這（は）い出すも、俺の攻撃と『王』たちの戦いに阻まれて動けずにいた魔物たちは数多くいた。そんな、『王』や『将』に比べれば木っ端のような存在であるはずの魔物たちが、しかし先ほどまでとは比較にならない凶暴な気配を放っている。

その原因が先の咆哮であることは明らかだった。

『ダンジョンで生まれた魔物を強化し狂化する咆哮ってとこだね。最奥の部屋で戦ってたらお目にかかれなかった技じゃない？　レア体験だよジェリ』

「レアでもミディアムでもいいんで、とにかく動かないと這い上がってきます！　動け動け動いて！」

下半身を失った巨大ゴーレムでは身動きはとれない。下半身の修復は始まっているが欠損が大きすぎる。八方から迫りくる魔物にとりつかれればひとたまりもない。無論、今は傷ついて動けずにいる『王』もやがては立ち上がるだろう。

「【技巧貸与(スキル・レンダー)】さん……も囲まれてますよね！　アズラちゃん、どうにかなりませんか!?」

必死に頭を巡らせるアンジェリーナ。

一方の問われたアズラはといえば、よくも悪くもいつもどおりだった。

「時にジェリ様」

「はい！」

「はい！」

「ひとつ気になっていたことがございまして」

「マージ様は、同じスキルを何人にも貸せまして？」

「はい!?　それ今聞くこと……です？」

それは今聞くことなのかと言いかけたアンジェリーナだが、ふと気づいたように言葉を切った。

アンジェリーナにはもちろん、アズラにも俺のスキルについては性質を話してある。だから俺がひとつのスキルを複数の相手に貸せるかの答えも知っている。

「できませんね」

「しかし、先ほどから貸している【斬撃強化】【腕力強化】などはチュナルたちが騎士団から逃れる際に借り受けたものでして」

彼らには当面の武器として俺のスキルを貸し与えた。期限は十日としたので時間が来れば回収が行われる。つい先ほど返ってきたおかげでロード・エメスメスやアンジェリーナに貸すことができたが、重要なのはそこではない。

思い返すはヴィタ・タマに到着した日のこと。俺はキルミージと対峙し、その後に騎士たちを撃破してチュナルたちを解放した。

「チュナルたちに貸したスキルが返ってきたということは、あれから十日目が過ぎたということだ。コエさん、キルミージは？」

「ここに。まだ気絶しておりますが……」

「【熾天使の恩恵】、起動。目を覚ませ、キルミージ」

「……ッ、ア？」

最低限の治療を施すとキルミージの目が開いた。詰め込みすぎた頭は激痛を訴え続けているだろうが、受け答えができればそれで十分。

「キルミージ、いい知らせだ。十日目が過ぎて返済ができるようになった」

「ヤ、タ……！」

意志とは頭に宿るもの。頭が壊れていては騎士の矜持も意味を為すまい。

苦痛から解放されると知った騎士団長の顔にわずかな安堵の色が浮かぶ。返済の意思ありと見て、俺は定められた言葉を口にした。

「なら答えろ。【全てを返せ】」

「返、ス!!」

【返済処理が承認されました。処理を開始します】

【処理が完了しました。　スキル名：神代（かみよ）の唄　債務者：キルミージ＝ブレイ】
【処理が完了しました。　スキル名：無尽の魔泉　債務者：キルミージ＝ブレイ】
【処理が完了しました。　スキル名：詠唱破却　債務者：キルミージ＝ブレイ】
【実質技利 10% での回収を開始します】

今回は最短である十日のみの貸し出しだ。よって利息も最低の一割にとどまる。だがアルトラたちの時と違うのはその『元本』だ。

【貸与した全スキルの回収及び最適化処理を完了しました。次段階に移ってよろしいですか？】

「ああ、頼む。ユニークスキルを差し押さえろ」

【ユニークスキルのスキルポイントを差し押さえ、債権額に充当します】

「ユ……!?」

うつろな目をしたキルミージが間の抜けた声を漏らした。だがこれは至極当然のことをしているにすぎない。

「スキルは三つで十日だけの貸し出しだが、何しろ元本が大きすぎる。一割でも人生を何周して届くかというくらいの額だ。当然足りないし、足りない分は他で補うしかない」

「なっ……!?」

「借りたら返す、当たり前だ」

これが普通の借金なら、身ぐるみ剝がされた上に歯を全て抜かれているところだ。差しのこと。

歯の需要があって高く売れると聞いている。それと同じことをスキルポイントでやるだけ

やっと頭が明瞭になってきたらしいキルミージは、事態を理解して見る間に青ざめてゆく。そこに狡猾（こうかつ）で悪辣な騎士団長の顔はもうない。

「ま、待て！　【偽薬師の金匙（きんさじ）】は、私の血と汗を注ぎ込んだスキルなのだ！　それも全て、努力した者が報われる世界を作るために……！　嫌だ！　嫌だ!!　待ってくれ頼む!!

待っ……」

「もう遅い」

【スキルが選択されました。処理を実行します】

【債務者キルミージより【偽薬師の金匙】を差し押さえました】

「あ……」

まだ脳への負荷は残っているのだろう、気力の糸でも切れたようにキルミージは地面に崩れ落ちた。だが目だけは血走ったままこちらを見つめている。

それに構わず、俺は奪ったばかりのスキルを起動した。

「【偽薬師の金匙】、起動。全ての暗示を解く」

「や、やめろ！　それはいけない！　それだけは不味（まず）い！」

「『解除』」

その数、二万三〇〇〇人。キルミージという男が鉱人族（ドワーフ）を縛っていた軛（くびき）を取り除く。

　最初にその効果を見て取れたのはアズラだった。

「……はれ？」

「アズラちゃん、平気です？」

「ええ、なんとも。時にジェリ様。うちは先ほど、チュナルに何を命じまして……？」

「街や鉱山に取り残されたドワーフたちを避難させろと言ってましたね」

「なぜ……？」

「ダンジョンから魔物が出てきて危ないからです」

　一見すると何も変わっていない。だが、アズラの放つ雰囲気が一気に尖ったのをこの場にいる全員が感じた。

「魔物なら叩き潰せばよいのでは」

『やだ過激』

　キルミージが恐れて抜いた鉱人族の牙。暗示を解いたことでそれが小さく顔を出したか、アズラはゴーレムの機構を使って大きく大きく呼びかける。

「この声を耳にした同胞たち。さあ、手に斧を取りなさい。我ら鉱人族に牙を剝いたことの意味を知らしめ、来世も消えぬ後悔として刻みつけるまで手を止めてはなりません」

「あ、アズラちゃん？」

「進め。久しき戦いの刻でして」

　大地が揺れた。

ゴーレムや『王』が巨体で歩いた時のそれとは違う。地の底から湧き上がるような、地獄の釜の蓋でも開いたかと錯覚するような地響きが鳴る。オオオオオという重低音は、しかしやがて無数の人の声となり、ついには地上へと溢れ出した。

「オオオオオオオオオオ!!」

軍勢、と呼ぶにはあまりに荒々しすぎる。怒りと衝動に身を任せ、野生のままに突き進む益荒男の群れがそこにいた。

「本当に万のドワーフがいたのか……」

「終わりだ……何もかも終わりだ……」

キルミージは地に頭を擦り付けるように震えている。その心中はいかほどか。

ドワーフの勢いは積年の恨みを晴らすが如し。肉の大波がたちまちに魔物の群れを押し流してゆく。狂化した魔物は恐怖など感じまいが、わずかに残った生存本能が働くのか進撃の足が止まった。あまりの光景にエメスメスの錬金術師たちも思わず息を呑んでいる。

『わーお……』

「とんでもないですね、鉱人族……」

アズラにせよチュナルたちにせよ、俺たちが出会ったドワーフは黄金と焼き肉が好きな素朴な人々という印象だった。キルミージが人間に寄せるためにそうしたのだと思っていたが……どうやら半分間違いだったらしい。

そういう風に抑え込まねば制御できなかったのだ。このドワーフという亜人族を。

『ともかく好機だ。ジェリ、そろそろ終わらせようか』

「そうしたいのは山々ですが、足の修復がまだ……」

下半身を消し飛ばされたゴーレムは未だ立ち上がれずにいる。身動きがとれねば手の出しようがないというアンジェリーナに、黄金の鎖はなんのこともないとばかりにチリリと鳴った。

『足なんて飾りだよ。むしろ手も体も全部飾り。人型に囚われない当主の力を使えば、ね』

「パパ、まさか……！」

『悪いけれど時間が来たのさ。今より君が、エメスメス家の五〇代目当主だ』

黄金の鎖が、溶けてゆく。

さらさらと砂のように、あるいは霧のようにゴーレムの頭部、おそらくはそこにいるアンジェリーナへと流れてゆく。

エメスメス家は代々同じユニークスキルを会得し、当主が己の知識と技術を継承してきた家系だ。この家系にとり、代替わりとは己をスキルの一部として捧げることにほかならない。それを『死』とみなすかは部外者である俺の考えの及ぶところではないが……。

少なくとも、別れであることには違いない。

『大丈夫、この戦いが終わるくらいまでは意識も保てるさ』

「パパ、待って、まだ……！」

引き留めようとするアンジェリーナ。その言葉を遮ったのはロードの軽薄な声ではなく、どこか懐かしさを感じるような、そんな女性の声だった。

『親というのは――』

「……ッ！」

『子に笑顔を見せてほしいものですよ、ジェリ。さあ……』

聞こえたのは、それだけ。

たったそれだけだったが、それはロード・エメスメスの妻にしてアンジェリーナの母、わずかな鎖の切れ端が残るのみだったフラン＝エメスメスのものに違いなかった。

『フラン、最後の一言ぶんだけは力を残してたんだねぇ』

「……うん」

『さて、フランはああ言ってたけど、どうする？』

「今は戦いの最中です。笑ってるわけにはいかないです」

『この正論ぶり。じゃあどうしようか？』

アンジェリーナの答えは単純明快。

「さっさと勝ちます。最短、最速、最効率で」

『いいね。さて、となると僕も二つ名を決めないといけないわけか。マージ君かコエさん、なんかいいの思いつかない？』

本来なら生涯で成し遂げた業績などで決まるらしいが、何しろロード・エメスメスは予定の狂いに振り回された身だ。錬金術師としては歴代当主に見劣りしてしまうと自虐的に言う。

ならば、と。コエさんが口にした名をロードは気に入ったらしい。

『じゃあジェリ、いくよ』

ゴーレムの巨体が、解けてゆく。

腕も体も、頭の工房を残して全てが鎖となって宙を駆ける。もはや足の有無など関係ない。自由奔放なようでいて常に縛られていたロール・オール・エメスメスの人生を表したような、そんな姿へと変わってゆく。

それは異質で異形、型破りな『鎖』のゴーレム。

「『縁結（エンユウ）のロール・オール』、磊落（ライラク）の鎖」

鎖は束となり、蛇のごとく自在に動く槍（やり）となる。『王』も危機を感じてか爪を振りかざし息吹（ブレス）を放つが、攻撃の全てはバラリと広がった鎖の隙間をするりと抜けた。

「――穿（つらぬ）け」

槍が黄金に輝く。竜の口へと撃ち込まれたそれは中で八方に広がり、竜の全身を内部から蹂躙（じゅうりん）し破壊する。いかに『王』といえど生物。体内を切り刻まれて無事であろうはずもない。動きが目に見えて鈍った。

――コ、オォォ……!!

なおも喉の奥から息吹（ブレス）を放たんとする『王』。

莫大な生命力に、治癒術式。これで殺しきれないだけで驚嘆に値する。

「けど、こっちも積み重ねたものがあるんです！」

錬手、陰惨、妄執、破城。
窖、鍛鉄、陰惨、薬研。
光現、豪欲、貴顕、憐憫。
酩酊、黒棺、桃源、滅裂。

「今のジェリが扱える力、全部持っていけ!!」

鎖の一本一本が変性し、歴代当主が得手とした術式が一斉に弾けた。その破壊力は竜の分厚く強固な鱗を内側から抜けて外へと伝わり、光輝く衝撃となって山を揺るがす。

――コ、ァ。

この世の物質でできた物体である限り、原形を留めることを許されぬ多重攻撃。体内でそれを余すことなく受け止めた竜は地響きを立てて倒れ込む。地を割るばかりの断末魔の叫びを最後に、巨体はやがて動かなくなった。

周囲ではドワーフによる魔物狩りも佳境を迎えている。もはやまともに動ける魔物は数えるほどもいない。

「見てるですか、四九人の当主と、一人のママ。千百年の備えは決して、決して無駄ではなかったですよ」

アンジェリーナの声を最後に、辺りに静寂が戻ってきた。

第5章

"SKILL LENDER"

Get Back His Pride

Before I started lending,
I told you this loan charges 10%
interest every 10days,
right?

1．十日後

それから五日後。

ヴィタ・タマで起きた出来事のあらましは周辺に伝わり、あらゆる領主、あらゆる機関が復興支援の部隊を派遣してきている。その中で圧倒的な一番乗りを果たし、主導権を握った領主がいた。

アビーク公爵家である。

その部隊に非公式ながら同行したシズクと山の上で落ち合い、聞かされた伝言は次の通りだった。

「アビーク公より、『また借りを作ってしまった』だってさ」

「表向きの理由は『復興の支援と、亜人の首魁（しゅかい）マージ＝シウの身柄確保を目的とした部隊派遣』だってのにな」

「……結局、考えてもボクにはよく分からなかった。これってどういうこと？」

「順を追って説明しようか。そうだな、里にアビーク公爵軍とアルトラが攻めてきたところからだ」

「そこから……？」

あの夏の戦いの後、アルトラはアビーク公に拘束された。罪状は領主への偽証。生んだ損害の大きさを考えれば、一生牢獄暮らしでもおかしくはなかったろう。

「にもかかわらず、アルトラは半年後には釈放された。そして西へと逃げていった。何かおかしいと思わないか？」

「……そういえば釈放されたこともだけど、なんで浮浪者になったアルトラの足取りまで分かったんだろう。見張りでもつけてたってこと？」

「そこがアビーク公の計らいだ」

アビーク公爵家は初代からして親亜人派だ。時の第二王子が亜人の待遇改善を主張して政争に敗れ、王家から離れて今の領地へとやってきた経緯がある。

そんな家を、果たして王家が捨て置くだろうか。

「公爵家には内通者がいる。確実に。そんな状態でアルトラを手元に置いておいたらどうなると思う？　奴は何を知ってる？」

「……マージのスキルや性格に一番詳しいのは、アルトラだ」

だから手元に置くことを嫌い、アルトラを街に放った。亜人撲滅派が接触しないか見張りをつけ、西方へと立ち去るまで見守った。

「さすがに国境を越えてまで追いはしなかったようだけどな」

「それは仕方ない。第一、西に国境越えをしようとするなら山脈越えだ。ボクら狼人族ならともかく、スキルもない人間が準備もなく踏み込めば確実に死ぬ」

事実、その後にアルトラを見たという情報は一切ない。生死は不明だが、少なくともこの国にはいないと考えていいだろう。

こうしてアルトラの持つ俺に関する知識は、その全てが内通者に伝わることなく有象無象の噂話と混ざり合ってしまった。それこそがアビーク公爵の狙いだ。

「これがアサギにも色々調べさせて出した結論だ。アビーク公の思惑通り、俺の情報は不十分で不正確なまま広まった。キルミージの失策もそのおかげだったと言っていい」

「だから、『あれ』はその借りを返したってことなんだ」

「そういうことだ」

俺たちの眼下ではアビーク公の軍が街を駆け巡り、家々に被害を与えた『落石』を回収している。回収した『落石』を集めた馬車はどれも満載だ。

「あんなキラキラした『落石』、そうそうないもんね」

あの『落石』は黄金のダンジョンから噴き出したもの。となれば当然、そのほとんどが黄金でできている。今のヴィタ・タマは街そのものが金鉱山なのだ。

そのことが知られたからこそヴィタ・タマには各地から多くの支援が寄せられ、結果的に復興が急速に進んでいる。特に主導権を握ったアビーク公爵家は経済的に大きく力を伸ばすに違いない。

しかも出遅れた領主は回収に躍起になるあまり、肝心の復興をおざなりにしがちで住人の反感を買っている。きちんと家を建て直すことを忘れないアビーク公の支持は厚く、今後はヴィタ・タマの実質的な支配権を得るかもしれないともっぱらの噂だ。見下ろせば今日もアビーク公の旗印をつけた兵士たちが家々の屋根を修理して回っている。

「街の旧支配者たちが騎士団と通じてやっていたことが全部明るみに出たからな。いくら貴族でも民衆の心離ればかりは止められないだろう」

　騎士団長キルミージはあのまま解放した。もはや暗示も使えない上に全てを白日の下に晒されては復活の目はあるまいとみてのことだったが、やはりというべきか西方へと左遷されたという。

「キルミージ派として知られすぎていた部下のソドム、ゴモラも同行だそうだ。権力者が何かを失うっていうのはそういうことなんだろう」

「ボクも為政者としてそうならないようにしないと……。それで、人間はともかくドワーフたちはこれからどうするの？」

「アズラと話したんだが、ドワーフのほとんどは今後もこの土地に住むらしい。ドワーフだけの町を鉱山内に建て直して、人間とは少し距離をおいて暮らすんだそうだ」

「狼の隠れ里と似た形だね。ボクもそれがいいと思う。人間と亜人は、近くて遠い生き物だから」

「そうだな。その距離感を維持するためにも、このヴィタ・タマの支配者はアビーク公でいてもらった方が都合がいいんだ」

　だから『紅奢の黄金郷』の魔海嘯が決定的になった段階でシズクを伝令に走らせた。この辺りの機微を理解できるベルマンを通じてアビーク公に情報を伝えれば、あとは向こうが勝手に動いてくれる。

「全速力で、ってわざわざ指示したのはそういうことだったんだ」

「ああ。一度ベルマンを通さないといけない分、時間は限られていたからな」

「……ある意味、今回の件で一、二を争う大手柄はベルマンかもね」

「……キルミージのスキルが暗示だと見破れたのもベルマンのおかげだったな。あながち冗談とも言い切れない」

シズクと二人、あのやけに上機嫌でやかましい男を思い出して苦笑いがこみあげてきた。

「でも、本当にマージはすごい。すごいよ。知恵のスキルを失っていたのに、あの状況でここまで考えていたなんて」

「必死だっただけさ。それに……知恵のスキルのせいにしたくはないが、やっぱり調子は悪かったらしい」

「……何か見落としてたとか？」

シズクの言う通り、俺はひとつ大きな見落としをしていた。

「おかげで今、アンジェリーナたちが大変な目に遭っている」

「どういうこと……？」

話は、『王』の討伐直後まで遡る。

『いやー、人生最後の輝きだったね。満足満足』

「パパ……」

『笑っておくれよ、ジェリ。僕らは全てをなし遂げたんだから』

戦いを終えたロード・エメスメスに残された時間は少ない。黄金の鎖は短く希薄な存在となり、消え去る目前なのは誰の目にも明らかだった。

最後の別れは親子水入らずでと思ったが……。一人で耐えるのはあまりにも辛いだろうとアズラが気遣ったことで、この場に俺たちも同席していた。

「笑う、笑うから。もう少しだけ時間を……」

『大丈夫。こうして話すことはできなくなっても、【煌輝千年樹】がある限りずっと一緒なんだから』

探して、努力して、戦って。ようやくゆっくり話せると思えば別れの時とは無情なことだ。それでも寿命まではどうしようもない。勝利の後とは思えないほどの無力感に包まれる中、不意にアズラが右手を挙げた。

「あのー、ひとつ疑問がありまして」

「アズラ、それは今でないといけないことか？」

「絶対に今でなくてはいけないかと」

なら聞かなくてはなるまい。全員が耳を傾ける中、アズラは疑問を口にした。

「マージ様の【技巧貸与】は、貸した相手が死亡するとスキルを回収できないと伺いまして」

「ああ、そうだ」

「ということは、ロード・エメスメスにお貸しした【神刃／三明ノ剣】は……」

「消えるだろう。そのつもりで貸した。ポイントの一部だけ貸した【斬撃強化】と違って全額貸与だから、スキルごと消滅することになると思う」

元をたどれば、あれはアルトラの【剣聖】だったユニークスキルだ。俺にとってはあまり好ましい過去ではない。そんな個人的な事情だけで貴重なスキルを捨てるわけにはいかないが、もうひとつ決定的な理由がある。

「ロード・エメスメス、たしか【神刃／三明ノ剣】を貸した時に言っていたな。『歪んでいる』と」

『言ったねー。っていうか今も思う。こんなに捻じ曲がったスキルは見たことない』

アルトラはスキルを差し押さえられる直前まで劇薬を口にして戦っていた。【剣聖】はその薬のために一度は回収不可なまでに変質してしまっている。ここからは推測だが、変質が修正されて回収された後にもいくらかの歪みが残っており、それがスキルの進化に影響を与えたのではないだろうか。

『もしかしたら、歪む前に回収していたら別のスキルに進化してたのかもね』

「回収できないほど歪んだことのある、しかも脳を拡張するような性質があるスキルだ。将来を考えると好き好んで抱えていたくもない」

『だから最後に僕に貸して、そのまま消してしまおうってわけだ。進化したユニークスキルなんて歴史上数えるほどしかないのに贅沢ゥ！』

「はなむけとでも思っておいてくれ。そういうわけだからアズラ、スキルが消えることは織り込み済みで……」

「それ、ほんとに消えるのでして？」

「……何？」

質問の意味が分からず回答に詰まる。

だが知恵のスキルを取り戻したためだろうが、見落としていた可能性にすぐ行き当たった。

「ロード・エメスメス」

『今さらだけど、もうジェリに当主を譲ったから僕ってロードじゃないんだよね。それで？』

「継承のユニークスキルでアンジェリーナに知識や技術、人格を託した場合、それはロール・オール・エメスメスとアンジェリーナ・エメスメスが合わさって同一人物になっていたりはしないのか？」

『そりゃそうと言えなくもないけど……あ』

「あ」

「あ」

「でして。債務がそのままジェリ様に移るのでは？」

コエさんとアンジェリーナも同じことに気がついたのだろう。全員で同じ反応をしてしまった。とはいえ決めつけるのは早い。まずは確認だ。

「コエさん、どう思う？」

【技巧貸与(スキル・レンダー)】に、いわゆる相続の概念はありません」

大前提を踏まえた上で、コエさんは困ったように首をひねる。

「貸借はあくまでマスターと債務者本人との契約となります。親がスキルを借りたまま死んだからといって、子が返済の義務を負わされるようなことはないのです。ただ親が子と一体となるのは、その、私にもどういった処理になるか……？」

この【技巧貸与(スキル・レンダー)】そのものは至ってシンプルな効果だ。持っているスキルポイントの一部または全部を貸せる。十日後以降にトイチの利息をつけて回収できる。これだけだ。

これだけなのだが、貸した相手が少々特殊すぎる。

『……えーっと、ジェリ？』

「なんです？」

『パパが作った借金、もしジェリに行っちゃったら一生かけて返してくれる？』

「流石に勘弁してほしいです!!」

当然である。

「里に来た時に話したが、もしそれで【泥土の嬰児】を回収してしまっても貸し戻すぞ？　回収そのものを保留することだってできる」

「そうかもしれませんし、あの時は駆け引きとしてそれでいいとも言いましたが！　でもやっぱり自分のものじゃないのは気分が悪いので！」

「だよな……」

「失礼ながら、マージ様に万一のことがあればゴーレムのスキルも消えてしまいまして」

アズラの言うリスクはあまりに大きい。だがアンジェリーナにとってはそれと同じくらい重大らしい問題がもうひとつ。

「それにその、もし【煌輝千年樹】まで移ったら、ジェリの記憶がいろいろ見られるわけでして……」

「それは、気まずいな……。いくらアンジェリーナでも……」

「ちょっと失礼なことを言われた気がします」

アンジェリーナとて嫁入り前の乙女だ。他人に、それも男に見られたくない記憶の一〇や一〇〇はあるだろう。俺だってそんなものを見せられてもどうしていいか分からない。

これは一か八かで試すしかないのか。そんな思いが場を支配しかける中、しかし俺は知っている。『不可能』を求めてやまないのが錬金術師だということを。

『やっぱり僕が踏ん張るしかないかー。延命措置なんてとっくに限界だと思ってるけど』

「【技巧貸与(スキル・レンダー)】さん、確認です。パパが十日目まで生き延びれば何も問題ないんですね？」

「ああ。利息が大きいから差し押さえは起こるだろうがアンジェリーナに影響はないはずだ。差し押さえを遅らせることができるのも実証済みだしな。あくまで生き延びれば、だが」

「それ、本当に『不可能』なんですかね？」

不可能なのか。それは錬金術師にとって最も根源的な問い。

『いいね、らしくなってきた。不可能と言われたら喜んで飛びついて、いざやってみたら可能になっちゃってガッカリする。それが僕らだ。それが錬金術師だ』

そうして『可能になってしまった失敗』が成果として認識され、発展してきたのが錬金術という学問体系だと何かで読んだ。

そしてここには二人も錬金術師がいる。

「過去の研究からして【熾(し)天使の恩恵】による治癒は効きません。肉体を別に用意して蘇(そ)生(せい)術で意識だけを移せばあるいは……。ただ寿命を削る上に一発勝負ですから最後の手段です」

『高位の治癒スキルと【範囲強化】を組み合わせると、肉体と一緒に装備も直すことができたはずだ。だから僕が鎖という無生物の体であることは治癒できない直接の原因にはなり得ない』

「では、治癒スキルによる治療が本当に不可能なのかから検証するです。幸い、一四代当主『慈愛のフーガ』は治癒スキルが得意ですからゴーレムとして出しましょう」

『よし、エメスメス邸に移動だ。各条件を徹底的に洗い出そうじゃないか』

こうして、二人は俺たちを置いたまま自宅へと向かっていった。

それから五日経つが屋敷から出てくる気配はまるでない。

「アンジェリーナ、見かけないと思ったらそんなことになってたんだ……」

「食事を差し入れてるコエさんによれば、中でまだ研究をしている様子らしい。昼も夜もなく大激論だとか」

本来ならその日のうちに消滅してもおかしくなかったロード・エメスメス。それが五日経ってもまだ命を繋いでいるというのだから流石と言う他ない。

アンジェリーナにはいらぬ苦労をかけてしまったとも思う。シズクは頷きつつ、「でも」と屋敷の方角を見つめる。

「それはそれで、よかったんじゃないかな」

「……ああ。他人の幸せの形なんて理解できるとは思ってないが、あの二人は最後の最後まで足掻(あが)く方が似合いだと俺も思う」

「うん。きっと、アンジェリーナにとって最高の十日間になる」

「だといいな」

冬にしては暖かい風が、俺たちの頭上を吹き抜けていった。

そうして、ぴったり十日目。スキルが返ってきたのを感じてエメスメス邸に赴くと、中から出てきたのはアンジェリーナ一人きりだった。

疲れ切って残念そうな。けれどどこまでも満ち足りた顔で彼女が口にしたのはたった一言。

「また、不可能でないことを証明してしまいました」

これをもって、俺たちのヴィタ・タマでの戦いはすべて終了した。

2.【アルトラ側】西方にて

――西方のとある都市。

夕暮れ時の裏路地を薄汚い三人組が歩いている。大柄な男二人に小さい女一人、顔立ちだけはこの場に似つかわしくないほど整った面々が、ドブと生ゴミの臭いが充満する中を行くあてもなくさまよっていた。

「な、なあ。そんなに薬ばかり買うなよ。虎の子の金なんだからもっと計画的に……」

「あァ？　うるっせェな、オレの金なんだから文句言うんじゃねえ」

中心を歩く金髪の男は緑色の丸薬を嚙み砕くと、薬の苦みそのままに忌々しげに呟いた。

隣を歩く大男はそのまま黙り込み、反対側の少女は草の茎を咥えてひもじそうに夕焼け空を仰いでいる。

「訂正要求。それは共有財産。パンを、とにかくパンを買うべき」

「あーへいへい。クソ、景気が悪くてかなわねェ。マージの置き土産で買ったと思うと薬の効きも悪ィぜ……」

剛剣士　アルトラ＝カーマンシー。

王宮門番　ゴードン＝フォートレイス。

魔術の才媛　エリア＝A＝アルルマ。

この薄汚れた浮浪者たちが、かつてはティーナ＝レイリとマージ＝シウを加えた五人でS級パーティ『神銀の剣』と名乗って最強の名をほしいままにしていたなど、遠い遠いこの街では誰も知らない。マージを切り捨てたことをきっかけに全てを失ってどれほど経つだろうか。厳しい山脈越えを果たした三人ははるか西方の街、ここ『ファティエ』へと流れ着いていた。

「それにしても、『溶けない氷像』があんなに高く売れるとは思わなかったな」

「戦術的勝利。やはり触れ込みは大切」

「オレの頭脳の賜物だな。言ったろ？　山脈を分け入った未踏の地で見つけたことにしたら値がつくって。気合入れて話を盛った甲斐もあったってもんだ」

「肯定。アルトラの姑息さは未だS級。冒険者よりもそちらの才能で身を立てるべき」

「エリア、お前は素直に褒めらんねェのか？」

この三人が『ティーナ、探しに行かねえか』の一言から旅立って数ヶ月。

結論として、神銀の剣は残っていなかった。アビーク公爵側の誰かが回収してアルトラが出した損害の補塡に充ててしまったのだ。

アルトラたちはキヌイ近くの草原で落とした神銀の剣をあてにして旅立った身。早くも望みは絶たれたかと思われたその時、エリアが奇妙なものを見つけた。

それが『溶けない氷像』だった。

「……マージが言うには、千年は溶けない氷の蛇なんだとよ」

「夏には最高だな」

「肯定。飲み物も冷やせる。果物も冷やせる。ケーキも……空腹が加速した」

腹をくるると鳴らすエリアに、アルトラはやれやれとため息をつきつつ半年以上前の出来事を思い返す。

マージがアルトラの放った矢を氷漬けにし、さらに力を見せつけるように蛇の氷像へと変えたものが『溶けない氷像』だ。草原の真ん中で誰に顧みられることもなく佇(たたず)んでいるのを見つけて、汗をかきかき街へ持ち込んでみたらかなりの高値がついたのである。

隠されていたわけでもないし、剣を回収にきたアビーク公の配下もおそらく発見はしたのだろう。その出来栄えに驚いたに違いないが所詮は氷。数日もせずに溶けてなくなるだろうと捨て置いた結果、四ヶ月以上も経ってやってきたアルトラたちに拾われたのだった。

広い草原の真ん中とはいえ、四ヶ月間も誰にも見つからなかったのはアルトラたちにとって最後の幸運だったと言えるだろう。

「クソ、喉も渇いてきやがったな。金ならあるしどっかの酒場にでも……」

「だめだだめだ！　そんなことをしてたらすぐにまた素寒貧だ！」

「てめェの指図は受けねェよゴードン！　オレに命令したいなら出世してからにしな！」

「しゅ、出世なんて今さら言われてもだな」

「注視。前方から何者か近づいてくる」

我関せずといった様子のエリアの指摘に、アルトラとゴードンも口論を中断して前を見た。この二人の口論など喧嘩というより暇つぶしなのだからそんなものだ。

　そうして目を向ければ、なるほど、薄暗い中を誰かが走ってくる。先頭はおそらく少女。その後ろに派手な緑髪の男二人が続いている。

「なんだ、ただのガキじゃねえか」

「待て、あれは追われてるんじゃないか」

「同意。おそらく捕まれば無事で済まない類の輩」

　ゴードンとエリアの見立てが正しかった。近づいてきた少女は必死の表情で涙を流しながら、時折怯えるように後ろを振り返っては懸命に走っている。

　やがて間近まで来た少女はエリアに縋りついた。

「た、助けて！　助けてください！　助けて!!」

「推測。見ず知らずの私たちに助けを求めるほど危機に瀕している」

　どうするか、と見上げるエリアに、アルトラは見れば分かるとばかりに一言。

「知らね。ほっとけ」

「お、おい……」

「ンだ？　気になんならゴードン、てめェ一人でやりな。ケツも全部自分で拭けよ」

「う、ううむ……」

　これは明らかに厄介事だ。この街に着いたばかりだというのに、いきなり地元の人間とことを構えるなど賢いとは言い難い。ゴードンも思わず黙りこくって目を逸らす。

救いの手などないと知った少女は涙を拭いて走り出そうとするが、すでに男たちは背後に迫っていた。男たちが手にしているのは少女一人を追っているとは思えない刃物や鈍器。あるいはこの街では武装するのが当たり前なのか、とアルトラは大した感慨もなく分析する。

「うぅ……！」

無駄と分かっていてもアルトラの後ろに隠れた少女に、男たちはニヤニヤと笑いながら歩み寄ってくる。

「逃げれば逃げるだけ時間が経って利息が膨らむって、なーんで分かんねえかなぁ？」

「そんな、だって父さんは騙(だま)されて……！」

「なんと言おうが借用書はこっちにあるんだよ。おとなしく金返すか、できねぇなら体で払えや！　おい金髪、突っ立ってねえでさっさとどけ！　うお……ッ？」

緑髪の片方がアルトラを突き飛ばして少女を引っ張り出そうとする。が、肩をどつかれたアルトラは微動だにしない。思わぬ手応えに一歩引いた男に、アルトラは舌打ちしながら尋ねた。

「てめェら、こいつに金貸してんのか」

ただならぬ空気を感じたか、男たちの手が止まった。だが引き下がるわけにはいかないとばかりに少女を指差す。

「ああ、そうだよ。だから取り立てに来てんだろうが」

「『借りたら返すのは当たり前』。そうだろ？」

「……ああ、そりゃそうだな。その通りだ」

だが、少女は涙ながらに言い返す。

「で、でも！　父さんが聞いてた話とは利息も、期限も、何もかも違ってる！　そんなの詐欺じゃん！　クソ詐欺師!!」

「でも借用書にサインしちまったからなぁ？」

「『もう遅い』んだよ、諦めな。ほら、分かったらどけ金髪頭」

今度はより強く突き飛ばされてアルトラもよろめく。そのまま少女の手を掴もうとした男の腕を、しかしアルトラの左手が捕まえた。

「な、なんだお前。離せ、離せよ！　正義の味方気取りか？」

「いんや？　ただこれも何かの縁だと思ってな。お前らに、オレが世界で一番嫌いなものを教えてやる」

「はぁ？　いいから離せよ、殴られてえか!?　こっちは【打撃強化】を持ってんだが!?」

派手緑髪の男は凄むが、そんなもの毛ほども気にせずアルトラは右手を握りしめた。

「オレが何よりも嫌いなもの。それはな」

アルトラの行動を察したエリアが、少女の目を手で覆った。

「『借金取り』だ！　覚えとけチンピラ!!」

さて、ここにひとつの問いがある。

戦闘での『強さ』が『スキル』で決まるのは世界の常識だ。現在のアルトラたちは一切のスキルを持っていないのだから、かつての強さはほとんど失われてしまっていると言ってよいだろう。運悪く魔物と出くわせばなす術もなくエサにされる運命にある。

では人間同士ならどうか。仮にもギルドの最上位であるS級冒険者は、スキルなしではそこらの小悪党にすら劣るのか？　武器がなければ場末の使いっ走りにも負けるのか？

答えは当然『否』である。

「がッ!?」

アルトラの右拳はあやまたず顔面に突き刺さり、【打撃強化】を乗せた鈍器は一撃を繰り出すこともなく地面に転がった。あっけない幕切れにアルトラはゲゲゲと笑って残る一人を指差す。

「おうゴードン、そっちはお前にやるよ。ボーッとしてねェで叩きのめせ」

「な、なんだって？　さっきと言ってることが違うじゃないか」

「くそ、こっちはでけえ図体しやがって！」

刃物を手に走ってくる男に、ゴードンはどうしたものかと眉を寄せる。やはり厄介事は避けたいのが本音だ。だが向かってくるのなら仕方ない。ゴードンが何気なく放った右の平手打ちは、男の横っ面を直撃した。

「勘弁してくれ。痛いのは苦手なんだ」

「ごべっ!?」

男は空中で一回転してそのまま地面に転がった。アルトラもアルトラで「少しは加減しろよ」とゲラゲラ笑い転げている。追われていた少女はといえば、二人を一撃で叩き伏せたアルトラとゴードンを交互に見比べながら口をパクパクさせるばかりだ。

「つ、強いんですね……？　あのヴェールファミリーを……。あ、あの、ありがとうございます！」

「ん」

気づいたように礼を言った少女に、アルトラは右手を差し出した。

「え？　こ、この手は？」

「謝礼に決まってんだろ」

「え、あ、そ、そうですよね！　お礼しないとですよね！　ただその、持ち合わせがですね、これしか……」

少女が取り出したのは銅貨が数枚。しめて二〇〇インと少しといったところか。この国でも同じ通貨が流通しているんだなと改めて実感するが、そんなことはどうでもいいアルトラは大きくため息をついてしゃがみこんだ。

「チッ、ついこの前まで個人依頼は一〇〇〇万インからだったってのによォ」

「忠告。過去の栄光など無意味」

「分かってんだようるせェな！」

「動いたらまた腹が減ってきたな……」

ぐるると腹から轟音を鳴らすゴードン。多少の金は手元にある。あるが、これが正真正銘最後の命綱だ。神経質な彼の胃は空腹と痛みを同時に訴えている。

その様子に、少女は「でしたら」と手を打った。

「うちに来ませんか？」

「あァ？　お前の母ちゃんの飯でも食えってか」

「いえ、うちは酒場なんです！　といっても全然流行らないクソボロ酒場ですけど、ご飯くらいはごちそうしますから！」

「報酬が現物支給たァ、いよいよ悲惨だな。いいか、オレらは金くらい持ってんだよ。飯なんざ恵んでもらうほど落ちぶれちゃ……」

口ではそう言いつつ、アルトラの腹も大きな音を立てた。

ゴードン、エリアの顔を見れば、これでもかというほど「行きたい」と書いてある。今日だけで何度目か分からないため息をついてアルトラは立ち上がると、すっかり暗くなりだした路地を歩き出した。少女が慌てて後を追う。

「あ、あの、どこへ？」

「お前んちに行くんだろ。飯ぐらい食ってやるよ。ただし不味かったら店ごと叩き壊す」

「はい、精一杯作ります！　あと逆方向です！」

「……チッ」

「推奨。回れ右」

「分かってんだよ！」

文句を言いつつついていった先には、少女が『クソボロ』とまで形容したのも頷ける寂れた酒場があった。わずかに灯っている灯りで営業していることがやっと分かるほどの無人ぶり。開店休業という言葉がしっくり来るなとアルトラは白けた目で看板を見上げた。

「『おふくろ酒場』、ねェ。名前から冴えねェな」

「母さんはとっくに出ていったから、おふくろはいないんですけどね」

「思いっきり看板に偽りありじゃねェか」

ともあれ中へと招かれると、意外に清潔なテーブルが並んでいた。その奥のカウンターではくたびれた顔の主人が手持ち無沙汰に皿を拭いている。死んだ目をした主人はアルトラたちの姿を見て数拍ほど固まったかと思えば、ようやく現実を認識して飛び上がった。

「……客だと？」

「違います父さん。あのクソ借金取りから助けてもらったんです」

「それでも人が来るのなんて何日ぶりだ……」

「な、なあアルトラ。今のやりとり、どう思う？」

「オレは最初から不安しかねェよ」

流行らない店といってもここまでとは想像しておらず、少々の不安を感じだした二人。いくら空腹でも毒など食わされてはたまらない。帰ろうかという思いが頭をよぎるが、残るエリアはそんな男たちには目もくれずテーブルについていた。フォークとスプーンを手にとってじっと二人を見つめている。

「催促。語っていても腹は膨れない。早く。早く。早く」

「……座るか」

「ああ」

とはいえ空腹には逆らえないわけで。三人は幾日ぶりかのテーブルについた。

そんな不安の中で始まった夕食。初めはおそるおそるといった様子で口をつけていたアルトラたちだったが、次第にその手が早まってゆく。

結論から言って、料理は美味かった。

「美味、美味、美味」

「おいエリア、オレの肉まで手を出すな！　ぶった切るぞ！」

「少しは静かに食べさせてくれ……」

肉は中にわずか赤身の残る絶妙の焼き加減。決して上等の肉ではないが、それゆえに多めな脂がたっぷりの肉汁となって全身へと染み渡る。そんな肉の横、ミルクでとられたスープにはほくほくと温かいカボチャが湯気をあげているからたまらない。炙ったパンを浸して食べれば至福の味が口に広がる。

極めつけにはアビーク領と異なる地質が生む甘い酒だ。シロップを足して甘くしたものとは違う深みのある甘味が、積もりに積もった疲れを吹き飛ばしてゆくのが肌で分かった。

件の少女もひとテーブルだけの客とは思えないほど忙しそうに動いている。

「お味はいかがですかー？」

「不味い。あと肉もう一皿」

「ありがとうございます！」

会話が通じていないようでいて、空になった皿が言葉よりも雄弁だった。やがて出された料理を残さず食べきったアルトラたちは、もう何ヶ月ぶりかも分からない満腹感を堪能していた。

「疑問。これでなぜ流行らない？」

エリアの至極もっともな疑問に、少しだけ元通りに膨らんだようにも見えるゴードンが同調する。

「たしかに店はボロだが、酒飲みはそんなこと大して気にしないだろう。酒も飯も美味い、看板娘も一応いる。閑古鳥が鳴いてるのはおかしいと思うが」

「まあ、色々ありまして……」

曰く、元はもう少し賑わっていたそうなのだが。競合店が現れて客を奪われたり、街を裏で取り仕切るヴェールファミリーなる一団に目をつけられたり、そのせいで銀行から融資を打ち切られたり、果ては身内が莫大な借金を作って失踪してしまったのだという。

「はっ、そりゃまたツイてねェ。前世でよっぽど悪いことでもしたんだろうな？」

「指摘。その理屈ならアルトラの前世は大悪人だし来世にも期待ができない」

「ものの喩えだ、黙ってろ。それで、あー……そういやお前、名前は？」

来世のために善行を積もうと考えるほどアルトラは殊勝でも信心深くもない。そこでふと、まだ少女の名前を聞いていなかったことを思い出した。

「ミーナです！　ミーナ＝レイリ！　クソほどありふれた名前ですけど割と気に入ってます！」

「……レイリ？」

「はい？」

「一応聞くんだが、お前って離れて住んでる姉とかいるか？」

覚えのある姓に、先ほど聞いた話がカチリと噛み合う音がした。

身内が莫大な借金をこさえて消えた、と。

「……います。それが借金を作った身内なんですけど」

「名前は？」

「ティーナです。ティーナ＝レイリ」

「マジかよ……」

「姉を知ってるんですか？」

「……いや、なんでもねェ。話を続けろ」

かつてパーティにいた『聖女』こそティーナ＝レイリだ。治癒のユニークスキル【天使の白翼】で回復役を担っていた女の、ここは実家だったらしい。

だがティーナも一時は英雄だった冒険者。その実家であれば名声の力で繁盛してもおか

しくないはずだ。にもかかわらず一度もそうなった様子がないということは、ティーナはこの遠い故郷に手紙のひとつも送っていなかったに違いない。

「『聖女』の生まれがボロ酒場とバレちゃ困る、ってとこかね……。大した聖女様だよ」

名声は山脈を越えなかったが、借金は越えてきた。たまったものじゃないなとミーナには聞こえないよう小声で呟いて天井を仰ぐ。

そんなアルトラの様子は気にかけず、ミーナは話を進めてゆく。

「とまあ、その姉のおかげで見ての通りのうらぶれ具合でして、そろそろ店を畳むことも考えないといけないところにきているんです……。頼みの父さんもあの調子ですし」

「……そりゃまあそうなるだろうな」

何日も客が来ない酒場など一月ももつまい。見た目以上に危機的状況にあることを察したアルトラに、ミーナはテーブルを叩くように訴えかけた。

「でも私はこの店を続けてほしいんです！　だからお願いです、店を立て直すのを手伝ってくれませんか！」

「は？　なんでオレが」

「さっきエリアさんに聞いたんですが、アルトラさんは商売の才能があるとか」

普段は褒めないくせに妙なところで妙な持ち上げ方をしてくるエリア。だが褒められて悪い気もしないアルトラに、ミーナは脈アリとみて畳み掛ける。

「立て直しの間、食事と寝るところは提供します！　あとこれはお礼とは違うんですが

「……」

「あん？」

「さっきヴェールファミリーの二人をノシましたよね？　奴らは必ず報復に来るので、もし皆さんがいなければ明日にでも父さんは山に埋められて、私はどこかの娼館で脂ぎった親父に純潔を捧げることになります」

「脅してんのか、こいつ。自分が助けろっつったくせに」

「相手が人間ならまだ上等かもしれません。裏通りに会員制の見世物小屋があるって聞いたことがあります。そこのショーでは発情した魔物と人間が……」

「知らねェよ」

「初めては死ぬほど痛いって本当ですかね」

「知るわけねェ」

もっとも、アルトラにこの手の脅しは通用しない。ついさっき見捨てられかけたミーナもそれは分かっている。

だが残り二人は少し違う。

「主張。引き受けるべき。衣食住の食住が解決する。絶対に引き受けるべき」

「さすがにそれを見過ごすのは寝覚めが悪すぎるだろう……」

アルトラとしても利益の大きい提案なのは間違いない。山で凍え、草原で野盗や魔物に襲われ、街でゴミにまみれて眠る日々がようやく終わるのだから。

しばし考え込んだ後、アルトラはカップに残った酒を一気に呷ってテーブルに叩きつけた。

「クソ、分かった分かった分かった！　やってやる。だがやるなら徹底的にだ」

「元よりそのつもりです！」

「『神銀の剣』、久々の依頼だ。失敗は死んでも許されねえと思っとけ」

「了解」

「い、命懸けか……」

「まずは『おふくろ酒場』なんてだっせェ名前から改革だ。男どもの集う最強の酒場にしてやるから見とけ……！」

これより三週間後。ファティエの街に、この国で初の『メイド酒場』が誕生するが、それはまた次の機会に譲るとする。

同時刻。

裏町の奥まった酒場で二人のゴロツキが口から泡を吹いて床に転がされていた。手足には何かしらの薬物が使われた跡がびっしりと残り、その皮膚は人間のものとは思えぬほど変色しきっている。

顔まで腫れ上がったその姿には、先ほどミーナを追っていた二人たちの面影など全く残っていなかった。

「自白剤ついでにいろいろ打ってみたが、ちと強すぎたかね」

ファティエを牛耳るヴェールファミリーの女ボス、レモンド＝ヴェールはゴロツキたちの話を反芻する。自身の長い耳を撫でる仕草は優美に艶かしく、しかしその目つきは雪の如く冷たい。

「あの酒場に新しい用心棒ねぇ……。しかも、アルトラ？　アルトラだって？」

女の独り言は煙草の煙が漂う中に溶けてゆく。その先にはもう一人、こちらは人間の耳をした老齢の男が口を閉ざしたまま眠るように控えている。

「あんたも聞き及んでるかい？　この前のヴィタ・タマの一件さ。表向きは錬金術師と鉱人族が大暴れした末、騎士団が大損こいてアビーク公爵が一人勝ちしたことになっちゃいるが……。本当の立役者は別にいるってさ」

何がおかしいか、くつくつと笑いをこぼしてレモンドは薬酒を飲み干した。

「狼人族の王にして【技巧貸与】、お荷物マージの元仲間たちがおでましだ！　これはこれは、使える予感がするじゃあないか！」

3. 漆黒のもふもふ町

狼(おおかみ)の隠れ里は山のただ中にある。日当たりも限られて雪解けも遅く、冷たい空気はまるで谷間に張り付くように残り続けたが、それもつい先日までのこと。

狼の隠れ里に遅い春がやってきた。ようやく迎えた芽生えの季節、新緑の森を抜けて訪れるのは春風ばかりではない。

「アズラから手紙だ。熟練の職人を含めた数人でもうすぐこっちに来るらしい」

ヴィタ・タマでの戦いの後、街の復興が軌道に乗った辺りで里へと戻ることにした俺は、数人のドワーフを里へと派遣してくれるよう言い残していた。ヴィタ・タマの訪問にはアズラの救助だけでなく、里の機械や農具を整備、発展させられる技術者を探すという目的もあったからだ。

そこでまっさきに申し出たのがアズラだった。ただ冬の間は行き来も大変だし水車も凍りついている。しばらくは鉱人族(ドワーフ)の再興に力を注いでもらい、春が来たら里へ来てもらうことで話がついていた。その約束がようやく果たされようとしている。

あちらの近況を綴(つづ)った手紙にシズクやアンジェリーナも期待に満ちた目をしている。

「向こうじゃゆっくりドワーフの技術を見る機会もなかったからね。どんなものか楽しみだ」

「それで、ドワーフが暮らす町づくりの方は順調そうなんです？」

「ああ、住む人数が人数だけに完成は先らしいが、大枠は完成して名前も決まったらしい。アズラが名付けたそうだ。この手紙に承認を願う文書も同封されている」

「鉱人族(ドワーフ)はマージの旗下に入ったわけだから、重要な拠点を移したり名前を変えるにはマージの許可がいるってことだね」

もちろんドワーフたちが決めたことを却下するつもりはない。あくまで自治に任せた上で、互いに協力するために俺が上に立つ。そういう関係だ。

「ではマスター、新たな町の名は？」

「読み上げよう。

我ら鉱人族(ドワーフ)、自らの新たな都、帰るべき町を建てり。そこは我が友アンジェリーナ＝エメスメスとの共闘の地。光と音を失った暗闇の中、彼女の手より伝わる信念と覚悟のみを標(しるし)に戦った場所。鉱人族(ドワーフ)の未来のため、岩を綿として不殺を貫いた始まりの礎」

「おお、あの場所だったんですか」

アンジェリーナとアズラが協力してキルミージを食い止めた場所だ。一度はダンジョンの魔海嘯(マカイショウ)で沈んだあそこが、今は町の礎になっているらしい。

いよいよ町の名前だ。

「永く我らの友好の象徴たらんとするその町の名を……うん？」

「マスター？」

「焦らすもんじゃないです！」

コエさんたちがどうしたのかと覗き込んでくる。黙っていても仕方ないので、とにかく書いてあるまま読み上げる。

「その町の名を、『漆黒のもふもふ町』とすることを許し願いたく候」

場を、沈黙が支配した。

「………マージ、もう一回」

「町の名を、『漆黒のもふもふ町』とすることを許し願いたく候」

由来は分かる。

アズラは目と耳を潰した暗闇の中で戦った。だから漆黒。

戦いの最後、岩をあえて柔らかくすることでキルミージの命を取らなかった。だからもふもふ。

それを組み合わせて、『漆黒のもふもふ町』。

「ボク、アズラのことは好きだけど理解は一生できない気がする……」

「可愛い名前でジェリはいいと思うです。それ許可するんです？」

「ドワーフたちがこれでいいって言ったのなら、俺がつっぱねる理由はないからな」

「ではマスター、『漆黒のもふもふ町』を許可する旨の書簡を作成致します」

粛々と手続きを進めるコエさんがなんとも頼もしい。シズクも尊敬とも戸惑いとも言えない視線を向けている。

「『漆黒のもふもふ町』ってコエさんが大真面目に言ってると違和感がすごいね……」

と、そんな出来事がありつつも、ドワーフの来訪はたちまちのうちに里の全員へと広まった。年寄りたちはかつての同胞が帰ってくる感慨に、若者たちは未知の存在への期待に、それぞれ胸を膨らませている。

もちろんそれだけではない。

春とドワーフの訪れは、皆が待ち望んだ二度目の稲作が始まることを意味している。

昨年の稲作は試験的な意味合いが強かったため大した量を作れなかったが、今年の稲作は違う。いよいよコメを主食とすることを目指して本格的な栽培を始めるべく準備は総出で進められていった。

そうしてめまぐるしく日々が過ぎ、ドワーフたちがやってきて一週間後。

また新たな発明品が里の生活を変えようとしていた。

「……という原理でして。御託はここまで、いざいざ実践です」

里を囲む山々の一角に集まった里人たちの視線の先では、一台の装置が蒸気を吹き出しながら山肌の土を掻（か）き出していく。ゴーレムとも違う、より機械的で力強い動きに里人からどよめきが上がった。

「これは早い……！」

「田畑を広げるだけでなく、里外へのトンネル掘りが可能となりますな」

「掘削機、と呼んでおりまして。燃料としてすさまじい量の石炭を使う必要があり、あまり気軽に使える機械ではなく。しかし『紅耆の黄金郷』の魔海嘯以来、ダンジョン内で生成されていた熱のマナを宿した夜光石や妃石が産出されるようになって燃料の問題が解決しまして」

狼の隠れ里は、山々の中にひっそりと佇む小さな里だ。それ故に人間に見つかることなく三世代に亘って血を守ることができた。今も正確な位置は秘匿したまま、宿場町キヌイを窓口として外部との交易や情報交換を行っている。

「ただ、いつまでもそれじゃ続かないからな」

「左様でございます、マージ殿」

いくら隠れたところで、存在を知られているのだからいつかは見つかる。ベルマン隊のような優れた探索者が里を発見する可能性は常にあるのだ。ただ隠れるだけでなく、里を広げて力をつける時が来たというのが俺とアサギ、シズクの共通認識である。

すなわち、田畑を広げ人口を増やすことだ。そのためには新たな農業と土木の技術が必須であり、鉱人族の来訪こそがその鍵だった。

「アズラ、掘削機もすごいが、掘削機を動かしているこの蒸気を吹き出す機械はなんだ？」

「蒸気機関といいまして。ここに水を入れて、ここで沸かして……」

「蒸気の力で機械を動かすってことか。思いつくのも大したものだが、実際に作れるのはドワーフの技術あってこそだな」

つまりは熱を力に変換する機械だ。薪を使っていたら辺りの山があっという間に禿山になってしまうだろうが、ヴィタ・タマ改め漆黒のもふもふ町との交易で持ち込まれる熱のマナを宿した石があればその心配もない。

「あの灼熱(しゃくねつ)地獄の置き土産から、こんな便利なものが出来上がるとは思わなかったよ」

幸いにして、里人たちの反応も上々のようだ。

「時にアズラ殿、例えばこの動きを使えば田植えや収穫も行えるのでは？」

「なるほどー？」

「稲作に使っているゴーレムは力強く取り回しもよいですが、細かい作業には向きませんからな」

「でしてー」

「いやゴーレムだって！　それくらいできるです！　やってみせましょうか!?」

「ジェリ様、いつの間に来られまして？」

「ゴーレムに不向きと言われれば聞き捨てならないので！　ゴーレムは万能です！」

「あらー、ドワーフの技術よりもでしてー？」

「友でも家族でも譲れぬ一線があるです……！」

「喜んで受けて立ちましてー」

発明というのはここがスタートだ。実際に稲作を経験した者たちの知見が組み込まれることで効率よく使いやすいものになってゆくだろう。アンジェリーナとの競争もいい刺激になるかもしれない。

さて、蒸気機関の応用はこれから色々と生み出されていくとは思うが。それはそれとして蒸気機関そのものの副産物といえるものがある。

蒸気機関には蒸気をまた水に戻す『復水器』なる装置がついている。これはダンジョンから汲み出した水にパイプを通し、その中で蒸気を冷やして水にするという仕組みだ。水に戻った蒸気は再び蒸気機関で使われるが、では冷やすために使われた水はどうなるか。

ダンジョンの鉱物を含む、ほどよい熱さの水の使いみちはといえば。

「いい湯だ……」

「ですなぁ……」

公衆浴場、というものが里に誕生した。

狼人族の風俗として『風呂』というものは昔から存在し、俺とコエさんの暮らす王の館にも小さな風呂場が据え付けられている。こればかりは他の家屋にはない王の特権だ。

それにしたって毎日入れるわけじゃなかった。水はともかく燃料を好き放題使えるほど里に余裕はないからだ。それが蒸気機関の到来にとって一気に状況が変わったのである。

今では俺も館の風呂でなく公衆浴場を使うことが多い。岩を使った広い風呂で、星空を眺めながら湯に浸かる。これほどの贅沢が他にあるだろうか。俺やコエさんはもちろんのこと、初めは困惑していたベルマンも今では毎日のように通っている。

今日も一日の仕事を終え、熱い湯を堪能しているところだ。

「あちらはにぎやかですな」

「元気があるのはいいことだ」

長所とも短所ともとれるのは、隣の女湯からアンジェリーナとアズラが競う声が筒抜けな点だが。

「シズクちゃん、はい測って！　どっちが高いですか！」

「うちも同胞の間ではすらりと背の高い美人で通った女でして」

「自分でそれを言いますか……！」

この前はたしか桶の積み上げを競っていた。子供じみた遊びと見せかけて、一流の学者と技師が力学の知恵を総動員した高度なものだったらしく。その白熱ぶりをコエさんから聞かされた記憶がある。

今日はシンプルに身長を比べているらしい。人間として小さいアンジェリーナとドワーフとして大きいアズラ、たしかにどちらが大きいかは気になるところだが。

「……うん、アズラがちょっと高い」

「なっ!?」

「人間よりも背の高いドワーフ。これは歴史的快挙でして」

仲がよさそうで何よりだ。アンジェリーナは納得できないようだが。

「じゃあ胸の大きさ！　胸の大きさはどうですか！」

「隣でたぶんマージが聞いてるけど本当にやる？」

「また今度にします」

今度になったようだ。

「……ところでアンジェリーナ、比べるならやっぱり大きい方が勝ちなんだよね？　大きい方がいいってことで間違いない？」

「シズクちゃんの成長はこれからです、たぶん」

「そこに『たぶん』はいらない」

「学者として不正確なことは言えないので」

「時に思いやりを優先するのも大事でして」

低身長組のやり取りが続く近くからはコエさんの声もする。

「時にアズラさん。里での生活はいかがですか？　もう馴染(なじ)まれましたか」

「はい、お陰様で。ここはまことに住みよい土地でありますれば。期限付きの滞在なのが惜しまれまして」

壁越しにこちらへ聞こえていることは分かっているようなので、俺も会話に参加する。

「気に入ってもらえて何よりだ。そう遠いわけじゃないし、帰ってからも折を見て来てくれていいぞ。チュナルも連れて来るといい」

「誠にありがたく。時にジェリ様、本当にマージ様に聞こえているようですよ。胸比べしますか？」

「しないです」

アズラが狼人族(ウエアウルフ)の里へ行くと言い出した時、当然のようにチュナルもついてこようとしたらしい。しかしアズラから『ドワーフたちが住むための町を建てる』という大役を与えられ、涙を呑(の)んで漆黒のもふもふ町に残ることになった、という経緯がある。

「うちが戻る頃にはチュナルが立派な町作りを進めていることでしょう。ドワーフに似つかわしい、鉱山と繋(つな)がった地下の町です。あれに任せれば間違いありません」

「信頼してるんだな」

「能力は誰より高いのは確かでありますれば。うちの行くところ本当にどこにでもついてくるのが玉(たま)に瑕(きず)でして……」

里に永住とはいかず期限付きだが、アズラはここでの暮らしを満喫しているようだ。技術面でも優れた発明をいくつも生み出している。アンジェリーナの試算だと、アズラの発明があるとないとでは今年のコメの収穫量が倍以上変わってくるそうだ。

「食べて、寝て、作って。ここは本当に穏やかで静かなのがなんともたまりません」

「大都市のヴィタ・タマに、生活の場は鉱山。やはりせわしないものですか？」

コエさんの問いに、アズラは「んー」と言葉を濁す。

「そういう意味もあるのですがー」

「他にあるのか？」

「石や金（かね）が静かなので」

「……エンデミックスキルか？」

「意識して起動せずとも、いくらか声が聞こえてしまうのです。それが騒々しいこと騒々しいこと」

アズラの持つ鉱人族（ドワーフ）の地精（エンデミック）のスキル【命使奉鉱（メイシホウコウ）】は、土や金属と会話して命令を下すスキルだ。会話、というからには一方的に話しかけるだけでなく向こうからも話しかけてくるということ。言われてみれば当然だ。

「この土地まで来ればエンデミックスキルの力は弱まり、声もほとんど聞こえませぬ。素晴らしきかな安眠……」

「そんなにうるさいのか」

「普通の石や鉄くらいまでは素直でおとなしいのです。が、金などの貴金属はもちろんのこと、神銀（ミスリル）のような希少金属ともなれば気位は高く横柄で、一向に言うことを聞きませぬ。褒めておだててなだめすかして、ようやく思い通りの形になってくれるかどうかというところ」

「……胃の痛い話だな」

「鉱人族（ドワーフ）に酒呑みが多いのはその心労のためでして」

俺も『神銀の剣』にいた頃は、無謀な挑戦をしようとする仲間を説得するのにいつも苦労していたものだ。酒にこそ溺れなかったが他人事とは思えない。

そんな思い出に浸っていたら、シズクが口を挟んできた。

「その話、ちょっと怪しいんじゃないかな……」

「シズク？」

「狼人族の伝承によると、鉱人族はここの森で暮らしていた頃から大酒呑みだったことになってる。その頃は今ほど強力なエンデミックスキルを使えなくて、ほとんど鍛冶の技術だけで優れた武器や道具をいくつも作っていたそうだから、それはそれですごいことだけど……。鉄の声なんか聞こえなくてもずっと飲んでたんだよ」

「はれ」

「その頃は鉱石の質がいいだの悪いだので飲んでたらしいよ。つまりお酒を飲むのは最初から決まってて、理由は全部後付けなんじゃゃ……」

「知りませぬ。うちは何も知りませぬー」

「よし、この話はやめておこう。そういえばベルマン、こんな場でなんだが例の調査はどうなった？」

両亜人族の友好のために話題を変えた方がよさそうとみて、先日からベルマンに命じてあったある調査について報告を求めた。主要なメンバーだけだしちょうどいい。

「『蒼のさいはて』の件ですな。潜り続けている身だからこそ分かることかもしれませんが、ダンジョンの成長が再開している様子。おそらく間違いないかと」

今現在、『蒼のさいはて』は『王』を持たないダンジョンだ。俺が『王』の魔物を倒し、それにより崩壊するはずだったところを、不死の蛇龍ヴリトラの卵を新たな『王』として置くことで維持しているという経緯がある。

「卵の力が強まっている。そういうことか」

「おそらくは。遠からず、ヴリトラの卵が孵化することでしょう」

ダンジョンがそれまでより力のある『王』を戴けばどうなるか。前例は聞いたこともないが、理屈で考えればより深く、より広く成長するはずだ。

実際にその兆候が見えたのなら朗報といっていいだろう。卵がきちんと定着し、ダンジョンの一部として機能し始めているということなのだから。あとは生まれてくる幼生が人間と共存できるかの勝負だ。

「分かった。ベルマンもご苦労だった」

「時にマージ殿……。聞こう聞こうと思って聞けずにいたことがあるのでありますが。裸の付き合いに免じてお尋ねしたく」

「どうした？」

なぜか少し溜めて、ベルマンは彼独特の妙に芝居がかった動きで話し出した。あれはおそらく嘆きのポーズだ。

「せっかく黄金だらけの街にいたのに、なぜもっと持ち帰らなかったのですか！」

「なんだ、そんなことか。里の資材を買うのに必要なくらいは持ち帰ったろう？　あまり不用意に持ち出すと金相場の乱れを起こしかねないし、里だって誰に狙われるか分からない。それくらいが妥当な線だ」

「そうではなく！」

ベルマンは立ち上がり、風呂から臨む里の中心辺りをビシッと指差した。今宵は満月。月明かりは煌々と里を照らし、それに惹かれたように狼人(ウエアウルフ)たちが夜道を楽しげに行き交っている。

「あそこに金のマージ像だって建てられたのですぞ！」

「金の」

「マージ像」

思わず壁の向こうのコエさんと反応がかぶった。

金のマージ像。

俺の、金の像。

それはまた豪勢な話だが。

「……通行の邪魔じゃないか？」

素直な感想を言ったつもりだがベルマンがずっこけた。湯が派手に跳ね上がる。

「み、見てくれにこだわらないのはマージ殿の美徳でもありますが！　分かりやすく王の威厳を示す象徴というのも時に重要で……」

とうとうと王の像の重要性について語るベルマン。彼も彼なりの厚意で言ってくれているのは分かる。分かるが。

「さすがに金の像はやめておこう。言いたいことは分かるから、何か考えておくさ」

「頼みますぞ？　政治において『象徴』というのは時に言葉よりも多くを語るのです。本当に本当に頼みましたからな」

「今日はずいぶんと食い下がるな。何かあったのか」

「……実は、最近どうも王都の方がきな臭いようで」

「王都、となると王家が？」

「ええ。どうやら内部で揉めている様子」

「権力抗争、か」

これは決して俺たちと無関係なことではない。この国全体の問題というだけでなく、アビーク公爵家は元は王族だ。順位が低いだけで王位継承権は残っているに違いない。

王家内部の争いがこの地まで飛び火することは十分にありうる。いや、それどころかアビーク公爵が再び王都に返り咲く可能性も否定はできない。

「そうなった時、対抗する亜人の王としての威厳や箔は決して軽視できないのです。黄金というものは最も分かりやすく権威を表せるのであります」

「分かった、気遣ってくれてありがとう。金の像にするかはともかく何かしら考えておいた方がよさそうだ。また何か情報が入ったら教えてくれ」

「ええ、この聞き耳を決して緩めませぬ」

そう言って引き下がったベルマンに続き、ふたつ目の報告は壁向こうのシズクからだった。

「『蒼のさいはて』の話、ボクからもひとつ。ベルマンと潜ってみて分かったけど、やっぱりあそこは狼人族を生んだ『星の子宮』ではないと思う」

「やっぱりか」

シズクにも、シズクにしかできない調査を頼んであった。

鉱人族を生んだのが『紅砦の黄金郷』であるなら、狼人族にもそれに相当する巨大ダンジョン、『星の子宮』が存在するはず。もしや里に隣接する『蒼のさいはて』こそそうなのではないかと考え、シズクに調査を命じていたのだ。

「俺が『蒼のさいはて』を攻略した時に目にした魔物は虫や蛇といった生き物だった。狼の力である狼人族とはあまり嚙み合わない」

「うん。【装纏牙狼】が何か影響を受けているような感じもなかった。きっとボクらの起源は別にある」

「もしも人知れずどこかに現れていたりしたら危険だが……。逆に早期発見できれば、大きな力になるかもしれない」

鉱人族は自分たちの起源であるダンジョンに近づくことでエンデミックスキルを得た。

亜人にそれほどの影響力を及ぼすのならば、きっとシズクたち狼人族にとって転機となりうる場所だろう。

シズク以外の狼人族（ウェアウルフ）が誰も【装纏牙狼（ソウテンガロウ）】を使えない理由とも繋がっている可能性がある。借り物の王にすぎない俺がおらずとも狼人族（ウェアウルフ）が独立した種族として生き抜いていく、そのためには重要なことに違いない。

「それで、父上にも知恵を貸してもらって里長（さとおさ）に伝わる文献をあたってみた。あまりこれといった情報はなかったんだけど、ひとつだけ確からしいことが分かった」

「それは？」

「ボクらは山の向こう、西から来た」

シズクの言葉に見上げるのは西の空にそびえる大山脈。壮麗なる山々の頂は年中雪に覆われているが、春先の今は中腹まで真っ白に雪化粧し、月光に淡く輝いている。

「いろいろな文献がそう示しているんだ」

「西、か」

「人間の引いた境界だと、あの山の向こうには別の国があるんだよね？」

「ああ。だから軽々に調査はできない。測量や地図作成をすれば侵略の準備ととられる恐れもある。王都の情勢が不安定で王座が揺らいでいるなら、あるいは向こうから攻めてきたっておかしくない」

「あの高いお山を越えて、でして？」

「可能性はある」

あまり良好な関係とはいえない彼我の国だが、国境を守るアビーク領が長らく平和だったのは険しい山脈が間にあったためだ。しかし西方の発展はめざましく次々と新たな道具が生み出されていると風の噂に聞いている。それはドワーフのような機械工作技術というよりも、主に薬や医療といった分野だという。

「学徒の街を中心に独自の技術が進んでいるらしい。その中には山越えを容易にするようなものもあるかもしれない」

例えば、あらゆる病気を治せる薬。

例えば、荒れ地に作物を実らせる肥料。

例えば、食料を何年も保管できる容器。

それらを生み出せる薬学や理学などを、総称して『科学』というらしい。

西には痩せた土地が広がっているため、そこから多くの富を得るために様々な知恵と技術が生み出されてきたと聞く。肥沃なこちら側を狙っている、とも。

俺の話に何か思うところがあったか、シズクが口を挟んできた。

「……そうなの？」

「何か気になるのか？」

「西には、森人族が逃げていったはずなんだ」

「エルフ!?」

柄にもなく腰を浮かしてしまった。よもやエルフ族とは。

「そんなに驚くことなのでしてー」

「人間にとってはな。美しく知恵のある種族で、実在するかしないかもはっきりしない亜人とされてる。ここに住んでいたのか」

そういえば先代ロード・エメスメスもちらと触れていた気がする。それにしてもこれほど身近にいたとは。

「人間との戦争になった時、エルフ族は戦う力がないからって戦列に加わらず西の山脈へ逃げたんだ。だから人間側には馴染みがないのかもしれない」

「争いを好まない種族なのですね」

コエさんの相槌に、シズクは「うーん」と唸る。

「争いは好まないって聞いてる。ただその、血を見るのは好きらしくて」

「……なんだって？」

「マージ、エルフがどういう種族かって知ってる？」

シズクの問いに記憶をたどる。人づてや文献から得た知識がいくつかあるが、どれも似たようなものだ。

「森に住んで薬草や木の実を食べ、獣と会話する術を持つ木々の守り人。長い耳と金や銀の髪を持つもっとも美しい亜人族。だが同時に弓の名手であり、必殺の毒矢を使うと……。

いや、たしかに考えてみるとおかしいな」

「マスター、どうされました？」

「草や果物を食べるのに、どうして弓の技術がそこまで高い？」

外敵と戦うために殺傷力の高い武器を選ぶのは合理的だ。相手を確実に死に至らしめるために毒矢を使うのも合理的だ。合理的だが、争いを好まないという情報とはどこか食い違う。

俺の疑問にシズクも同意した。

「肉を食べないのに弓の名手。争いを好まないのに毒矢の雨を降らす。矛盾しているようだけど、それが森人族だ」

「……それが向かった先で、薬学なんかが発展してるってことか」

「しかも、こちら側へ侵攻する機を窺ってるですか」

「……あー」

ベルマンが何か思い出したように天を仰ぐ。

「どうした？」

「亜人のマナを乱して苦しめ、人間には中毒性と依存性のある鎮痛剤。騎士団も密かに使っている薬ですが、あれは西から入ってきたと聞いたような」

「……本当ならいよいよ外交問題だな」

外交問題が話し合いで解決できなくなった時に起こる実力行使。それが戦争だ。

もしも西との戦争になればアビーク領は戦火に包まれるかもしれない。それは危機であると同時に、アビーク公爵が地位を高める絶好の機会にもなる。

「どっちに転んでも、しばらくはゆっくりできそうにないね。平穏なんて狼人族（ウエアウルフ）には不要なものだけど」

「今はとにかく足元を固めるのが大事だ。目の前のことからひとつひとつ乗り越えていけばいい。コエさん、今の里で一番問題になっていることは？」

漠然として難しい質問かとも思ったが、コエさんの返答は早かった。

「ドワーフの方々が飲み続けるお酒の確保です」

「……うちは何も知りませぬー」

「小さなことからコツコツとにしても、また小さいところがきたね」

「そういうもんだ。……ん？」

会話が途切れたところで、後ろから声がした。振り向くとベルマン隊の魔術師が息を切らして入ってきたところだった。

「マージ様、それに隊長も！　ここにおられましたか！」

「どうした」

「大変なのです！　アサギさんが！」

「父上が!?」

壁越しにシズクが立ち上がる音がする。彼女の父アサギに何かあったのか。

「話してくれ」

「実は、稲作関係と鉱石の取引関係と蒸気機関の資材関係と機織りの女衆と生活雑貨の調達関係で一斉に問題が発生し、さらに物見から見慣れぬ騎馬隊が草原を走っていくのが見えたとの報告があり！」

「なんと」

その中のどれかが深刻なのだろうか。それでアサギが王の裁定を求めているのかもしれない。

「単純に忙しすぎてアサギさんが口から泡吹いて倒れそうです！」

たしかにそれは一大事だ。

「手伝いに行くか」

「はい、マスター」

「ほら、アンジェリーナとアズラも急いで！」

「えー」

「でしてー」

全員で一斉に風呂を上がり、手早く服を着る。

春の夜風吹き抜ける中、俺たちは足早に里へと歩き出した。

新しい一年が、始まる。

了

あとがき

まずは一巻に続き、こうして二巻もお手にとってくださったことに御礼申し上げます。作者の黄波戸井ショウリです。こう書いて『きわどいしょうり』と読みます。

二巻を出せるというだけでもありがたいところ、コミカライズの販促でコスプレグラビアを出していただいたり、満を持して発売されたコミック一巻もおかげ様で発売即重版したりと嬉しいニュースが続いております。応援してくださる皆様に深く感謝するとともに、この調子で長く愛されるシリーズになれるよう頑張っていく所存です。

さて、作品はそんな感じとして、作者の方はといえばひたすら勉強の日々です。ファンタジーを書くためには学ばないといけないことが山のようにあります。なにせ幻想と書いてファンタジー。幻であり想像であるからこそ作者の頭の中にある知見の量が試されるジャンルです。そうして求められる知識が広いぶん、その勉強法も多岐にわたりますが、やはり一番は名作に触れることだと私は思うわけでして。これを書いている今は高難度ゲームで有名な某社の最新作をプレイしています。一周目は偉大なる魔女ラニ様に仕えて魔術の勉強をしたので、二周目は短剣で二刀流の勉強をしようかな、と。三周目はあえての筋力全振りの脳筋プレイでしょうか。厳しい道のりですが、私はきっと全エンディング制覇を成し遂げてみせます。全てはそう、狭間の地の王になるために。

話が逸れましたが、二巻の内容はお楽しみいただけたでしょうか。一巻以上に二巻を書くのは難しいと言う先生はたくさんいらっしゃいます。私自身も痛感したこの問題、さまざまな試行錯誤の末、考えても分からないなら徹底して自分の性癖に従うという方法で解決を試みました。

フリーダム低身長ヒロイン。

広大なる地下坑道と黄金郷。

不可逆の無機物化。

千年以上の悲願。

身を削る戦い。

そして何より、巨大ロボット対巨大ドラゴン。

そうやって自分の好きなものをガンガン詰め込んでいったら小説一冊分のボリュームになったのが本書です。もし貴方にひとつでも「自分も好きだ！」というものがあったなら、それ以上の幸せはありません。本編より先にあらすじを読む派の方は、ピンとくるところがあるかこれから探してみてください。

二巻について語ったところで、次は三巻のお話。

三巻の内容は西方編を予定しています。ドワーフと並ぶ亜人の代表格、美しき森人エルフとの物語であり、西に流れ着いたアルトラたちとマージとの運命が再び交差するかもしれないししないかもしれません。当たり前ですが本書の執筆時点では刊行は未定。三巻のあとがきでまた皆様とお会いできることを願いつつ、これからも研鑽(けんさん)を続けさせていただきます。

そして最後になりましたが、素晴らしいファンレターをくださったM様にも深く御礼申し上げます。私がこだわって組んだストーリーラインを細かい部分まで読み取ってくださっており、大変励みになりました。この二巻も楽しんでいただけたことを願ってやみません。本当に本当にありがとうございます。

引き続き、二巻でも皆様の感想をお待ちしております！　できればお手紙で次々ページの宛先まで!!

スキルの借りパク、
大厳禁!!
奪われた全てを取り返す、
逆転&逆襲のストーリー!!
重版ヒット中!!
コミック版
スキル✦レンダー
技巧貸与のとりかえし
トイチって最初に言ったよな?
原作 黄波戸井ショウリ 漫画 小山ナオト キャラクター原案 チーコ
（ヤンマガKC／講談社刊）©小山ナオト／講談社
ヤンマガWebにて好評連載中!!
連載はこちら https://yanmaga.jp/

技巧貸与(スキル・レンダー)のとりかえし 2
～トイチって最初に言ったよな？～

発　　行　2022年5月25日　初版第一刷発行

著　　者　黄波戸井ショウリ
発 行 者　永田勝治
発 行 所　株式会社オーバーラップ
〒141-0031　東京都品川区西五反田 8-1-5
校正・DTP　株式会社鷗来堂
印刷・製本　大日本印刷株式会社

Printed in Japan　ISBN 978-4-8240-0183-2 C0193

オーバーラップ　カスタマーサポート
電話：03-6219-0850 ／ 受付時間 10:00～18:00（土日祝日をのぞく）

作品のご感想、ファンレターをお待ちしています

あて先：〒141-0031　東京都品川区西五反田 8-1-5 五反田光和ビル4階　オーバーラップ文庫編集部
「黄波戸井ショウリ」先生係／「チーコ」先生係

PC、スマホからWEBアンケートに答えてゲット!

★この書籍で使用しているイラストの『無料壁紙』
★さらに図書カード（1000円分）を毎月10名に抽選でプレゼント!

▶https://over-lap.co.jp/824001832
二次元バーコードまたはURLより本書へのアンケートにご協力ください。
オーバーラップ文庫公式HPのトップページからもアクセスいただけます。
※スマートフォンと PC からのアクセスにのみ対応しております。
※サイトへのアクセスや登録時に発生する通信費等はご負担ください。
※中学生以下の方は保護者の方の了承を得てから回答してください。

オーバーラップ文庫公式 HP ▶ https://over-lap.co.jp/lnv/